Jules Michelet

Gabriel Monod

Copyright pour le texte et la couverture © 2023 Culturea
Edition : Culturea (culurea.fr), 34 Hérault
Contact : infos@culturea.fr
Impression : BOD, Norderstedt (Allemagne)
ISBN : 9791041834716
Date de publication : juillet 2023
Mise en page et maquettage : https://reedsy.com/
Cet ouvrage a été composé avec la police Bauer Bodoni
Tous droits réservés pour tous pays.

JULES MICHELET

Je crois utile de faire précéder l'étude qu'on va lire de quelques mots d'explication, pour bien en préciser le but et la portée. Je n'ai point écrit une biographie de Michelet et n'ai point voulu faire la critique de ses œuvres. Il n'est qu'une personne qui ait qualité pour raconter la vie de Michelet; c'est celle qui pendant de longues années a vécu à côté de lui, associée à tous ses travaux et à toutes ses pensées, à qui il a légué ce qu'il avait de plus précieux, les papiers intimes, les notes quotidiennes, où il mettait le meilleur de son âme. Elle seule pourra nous le faire bien connaître, dire ce qu'il a été et ce qu'il a voulu, les aspirations idéales et les émotions profondes dont ses écrits n'ont pu être que l'incomplète révélation. Déjà les deux volumes autobiographiques qu'elle a publiés, Ma Jeunesse et Mon Journal, nous ont appris ce que furent les vingtquatre premières années de Michelet, et nous ont permis de retrouver dans l'enfant et le jeune homme la sensibilité et les tendances intellectuelles de l'homme fait. Ses livres, d'autre part, m'ont trop puissamment ému, je l'ai personnellement trop connu et aimé pour que mon jugement pût être impartial et pour qu'il me fût possible de signaler ses défauts et ses erreurs; mes travaux, d'ailleurs, et les tendances naturelles de mon esprit m'entraînent dans une direction trop différente de la sienne pour qu'il me fût permis de me poser en disciple et de répondre en son nom aux critiques et aux attaques dont il a été l'objet.

Je n'ai voulu que rendre hommage à la mémoire de Michelet; hommage qui était de ma part une dette personnelle. Je n'ai pas cru pouvoir mieux honorer et servir sa mémoire qu'en rappelant simplement ce qu'il a fait, et en montrant combien noble et pure a été l'inspiration de ses œuvres et de sa vie. Je laisse à d'autres et à l'avenir le soin de les passer au crible et de décider quelles furent ses fautes, comme écrivain et comme savant.

Pour moi, je ne puis songer qu'à une chose c'est à l'impression laissée dans mon esprit par la lecture de ses livres. Ceux dont l'enfance et l'adolescence se sont écoulées pendant les douze premières années du second empire se rappelleront toujours la froideur et le morne ennui qui accablait les âmes pendant cette triste époque. La jeunesse, l'enthousiasme, l'espérance, qui avaient rempli les cœurs avant et après , semblaient éteints à jamais; les artistes, les écrivains qui avaient fait la gloire de la première moitié du siècle étaient vieillis et déchus; la voix éloquente du seul grand poète dont le génie eût survécu ne s'élevait que pour maudire la lâcheté de ses concitoyens et l'abaissement de sa patrie. Ce mot même de patrie semblait n'avoir plus de sens. Séparés par un abîme de la France du passé, dont ils avaient perdu les traditions et les croyances, désabusés des espérances de liberté et de progrès tour à tour excitées et déçues par tant de révolutions, entraînés malgré eux vers un avenir incertain et redoutable, les plus nobles esprits se réfugiaient dans un dilettantisme égoïste ou dans des rêveries humanitaires. Pour plus d'un, et je suis du nombre, les livres de Michelet ont été alors une consolation et un cordial. On apprenait, en les lisant, à aimer la France, à l'aimer dans son histoire ressuscitée par lui, à l'aimer dans son peuple dont il interprétait les sentiments secrets et les nobles aspirations, à l'aimer dans son sol même, dont il savait si bien peindre le charme et la beauté. Avec lui, on prenait foi dans l'avenir de la patrie, en dépit des tristesses du présent. On ne pouvait échapper à la contagion de son enthousiasme, de ses espérances, de sa jeunesse de cœur.

La vocation qui m'a poussé vers les études historiques, c'est à lui que je la dois. Le premier il m'a ému de sympathie pour ces morts innombrables qui ont été nos ancêtres, qui nous ont fait ce que nous sommes et dont l'histoire retrouve et ressuscite les pensées, les désirs et les passions. Le premier il m'a fait comprendre que, dans l'ébranlement des bases religieuses et politiques de notre vie nationale, il faut lui donner une base historique et renouer, par la connaissance intelligente et pieuse du passé, la tradition interrompue. Il m'a fait voir dans l'histoire l'étude la plus propre à élargir l'esprit tout en l'affermissant, à donner le respect des choses anciennes tout en en faisant perdre la superstition. Enfin, il m'a montré comme la plus noble des vocations, celle d'enseigner l'histoire, d'enseigner la France, de servir d'intermédiaire, de lien et d'interprète entre la France d'hier et celle de demain. Aussi le sentiment que j'éprouve pour lui n'est-il pas celui du disciple pour un maître dont il adopte les doctrines, suit la méthode et continue l'œuvre; c'est un sentiment moins étroit, plus profond et aussi plus tendre, une sorte de reconnaissance filiale envers celui chez qui j'ai toujours trouvé de nobles inspirations et de paternels encouragements.

C'est là le seul rôle que pouvait jouer Michelet. Il était, il est encore par ses écrits, un inspirateur; il ne pouvait pas devenir un maître, au sens strict du mot. Sa manière de penser et d'écrire était trop individuelle, l'imagination et le cœur y avaient une trop grande part. Lui-même n'avait point eu de maître; il n'aura pas de disciples. Il serait aussi puéril et dangereux de vouloir imiter ses procédés de composition que de vouloir imiter son style. Il n'avait point de méthode qu'il pût enseigner et transmettre, car il ne procédait que par intuition et par divination. Le génie ne s'enseigne pas. Même à l'École normale, il fut surtout un merveilleux excitateur des esprits. Plus tard, au Collège de France, il se méprit même, à ce qu'il semble, sur le rôle qu'il était appelé à jouer. Il transforma sa chaire en tribune, il chercha moins à instruire la jeunesse qu'à l'enthousiasmer; et il contribua à dénaturer le caractère de notre enseignement supérieur en transformant ses leçons en morceaux oratoires, adressés non à une élite studieuse, mais à la foule.

Michelet n'a pas formé plus d'élèves par ses livres que par son enseignement. Il a laissé des chefs-d'œuvre à admirer, il n'a pas laissé de modèles à imiter. Sans doute il a mis en lumière des côtés de l'histoire, des points de vue négligés avant lui. Il a donné la place qu'elle méritait à la peinture des mœurs et des caractères, et il a montré combien les documents les plus secs peuvent devenir instructifs pour qui sait les interroger; il a insisté sur l'influence jusquelà négligée des causes physiologiques et pathologiques en histoire, et ouvert aux investigations une voie nouvelle, très dangereuse il est vrai, mais fertile en découvertes curieuses. Il a marqué tous les sujets qu'il a traités d'une empreinte ineffaçable; il est impossible à ceux qui s'en occupent après lui de négliger ce qu'il a dit, et il est bien rare qu'il n'ait pas éclairé d'un trait de flamme quelque point obscur qui sans lui serait resté dans l'ombre. Néanmoins il ne peut servir de guide; il faut toujours le contrôler, le rectifier, et très souvent le contredire. Il voit avec une puissance extraordinaire, mais il ne voit pas tout et il ne voit pas toujours juste. Il n'a pas la précision scientifique, la méthode, l'unité de plan et d'idées qui sont nécessaires pour devenir le chef d'une école historique. La préface qu'il a mise en tête du septième volume de son Histoire de France suffirait à montrer qu'il ne pouvait prétendre à un pareil rôle. Après avoir fait de la France du moyen âge un tableau merveilleux de poésie et de vérité, après avoir pendant six volumes fait aimer et comprendre les mœurs et les sentiments de ces siècles à demi barbares, tout à coup, arrivant à la Renaissance, il fut saisi malgré lui de la même haine aveugle, du même esprit de réaction violente qui animait contre le moyen âge les hommes du XVIe siècle; il voulut rétracter, effacer les pages émues et sympathiques qui resteront malgré lui son plus beau titre de gloire. L'esprit de chacune des époques dont il s'occupait revivait en lui avec un élan de passion irrésistible; c'est ce qui fait sa grandeur comme artiste, la puissance de vie qui anime son histoire; c'est ce qui fait aussi sa partialité, le caractère incomplet, exagéré, inégal de ses dernières productions historiques. On l'admire, on l'écoute, tantôt avec une émotion bienveillante, tantôt avec une curiosité avide et parfois indiscrète; mais on ne peut pas lui abandonner la direction de son jugement et de son intelligence.

Ce que j'ai dit des œuvres historiques de Michelet, je pourrais le dire aussi de ses petits livres, où se mêlent, d'une façon charmante et bizarre, la science, la philosophie, la psychologie et la poésie, qui entraînent et ravissent l'imagination et le cœur sans convaincre ni satisfaire la raison. Nul ne les a lus sans être ému, et pourtant les idées qui s'y trouvent exprimées n'ont point fait de prosélytes. C'est que ces idées n'ont point un caractère bien déterminé; elles flottent entre la science, la religion et la poésie, sans être ni accompagnées de déductions rigoureuses, ni affirmées avec une foi absolue, ni pourtant abandonnées à la région des rêves. Tout s'y mêle: la fantaisie, les espérances mystiques et l'étude positive de la nature. J'ai cherché à faire comprendre, à résumer les traits généraux de ces idées philosophiques de Michelet, en les exposant sans les juger; mais je ne voudrais pas que le respect avec lequel j'ai parlé de ces larges et nobles conceptions fût pris pour une adhésion qui dépasserait ma pensée. Michelet a montré que les sciences naturelles ouvraient des voies nouvelles à l'art, à la poésie et aux sentiments religieux; en cela, comme dans ses travaux historiques, il a été un révélateur, mais il n'a pas fourni une méthode sûre pour avancer dans cette voie, ni montré avec précision le but auquel on devait tendre. Il ne le pouvait pas, du reste. Ce n'est pas diminuer sa gloire que de lui donner, entant de directions variées de l'esprit, le rôle d'initiateur.

L'avenir seul pourra discerner dans son œuvre les intuitions justes et les rêveries éphémères. Michelet n'aura pas de continuateurs immédiats, de disciples attachés à la lettre de ses paroles; mais ses idées germent en secret dans plus d'un cerveau et plus d'un cœur. «Je n'ai pas de famille, disaitil, je suis de la grande famille.» Combien n'en estil pas, en effet, parmi les hommes d'aujourd'hui, qui sont à des degrés divers unis à lui par un lien presque filial, et ont reçu de lui l'étincelle qui anime leur travail ou leur vie! Combien n'en estil pas qui lui doivent des émotions bienfaisantes et durables, qui ont senti après avoir lu ses livres leur cœur élargi, attendri, capable de plus grands sacrifices! À une époque où tant d'esprits se laissent aller en pratique au découragement, en théorie à un pessimisme universel, Michelet a toujours espéré et il a fait croire au bien. Il n'est pas d'éloge à ajouter après celuilà.

LA VIE DE MICHELET

Michelet a raconté luimême, en quelques pages admirables, dans la préface de son livre le Peuple, sa première éducation et les impressions ineffaçables de ses jeunes années. Nous y retrouvons le germe de tout ce qu'il devait être plus tard, le point de départ de tout son développement intellectuel et moral. Sa mère était des Ardennes, pays sévère, habité par une race «distinguée, sobre, économe, sérieuse, où l'esprit critique domine»: son père était de l'ardente et colérique Picardie», patrie d'hommes énergiques, enthousiastes, éloquents, spirituels, de Pierre l'Hermite, de Calvin, de Camille Desmoulins. Sa famille vint à Paris après la Terreur, pour fonder une imprimerie. Le août naquit Jules Michelet, dans le chœur d'une ancienne église, occupée par l'atelier paternel, «occupée, nous ditil, et non profanée; qu'estce que la presse au temps moderne, sinon l'arche sainte?» Il y avait là un présage d'avenir.

Les premières années de sa vie furent tristes et pénibles. Il grandit «comme une herbe sans soleil, entre deux pavés de Paris». Dès , Napoléon supprima les journaux, restreignit par tous les moyens le commerce de la librairie. La pauvreté vint. Il fallut renvoyer les ouvriers; le grandpère, le père, la mère de Michelet, luimême âgé de douze ans, firent tout le travail de l'imprimerie. Ce labeur précoce aurait pu, sembletil, étouffer dans leur fleur les facultés de l'enfant. Au contraire, pendant que ses mains assemblaient machinalement les lettres qui servaient à la composition de livres niais et insipides, son imagination prenait des ailes. Ce don merveilleux, qui devait plus tard, dans ses livres, rendre la vie aux cendres du passé et donner une âme et un cœur à la nature entière, s'éveillait en lui le premier. «Jamais, ditil, je n'ai tant voyagé d'imagination que pendant que j'étais immobile à cette casse... Très solitaire et très libre, j'étais tout imaginatif.» Il ne pouvait suivre d'instruction régulière; le matin, avant le travail, il recevait quelques leçons de lecture d'un vieux libraire, ancien maître d'école, «homme de mœurs antiques, ardent révolutionnaire». Il apprit de lui, sans doute, à admirer et presque à adorer la Révolution, qui depuis fut toujours à ses yeux la plus grande manifestation de la France dans l'histoire et comme la révélation de la justice. Deux ou trois livres faisaient sa seule lecture. L'un d'eux produisit en lui une impression extraordinaire, éveilla le sentiment religieux, la foi en Dieu et en l'immortalité qui, à travers toutes les variations de sa pensée, devait se manifester dans toutes ses œuvres et persister jusqu'à son dernier soupir. C'était l'Imitation de JésusChrist:

«Je n'avais encore aucune idée religieuse... Et voilà que dans ces pages j'aperçois tout à coup, au bout de ce triste monde, la délivrance de la mort, l'autre vie et l'espérance. La religion reçue ainsi, sans intermédiaire humain, fut très forte en moi. Comment dire l'état de rêve ou me jetèrent ces premières paroles de l'Imitation? Je ne lisais pas, j'entendais... comme si cette voix douce et paternelle se fût adressée à moimême. Je vois encore la grande chambre froide et démeublée; elle me parut vraiment éclairée d'une lueur mystérieuse... Je ne pus aller bien loin dans ce livre, ne comprenant pas le Christ, mais je sentis Dieu.»

En même temps s'éveillait en lui l'amour de l'histoire et le sentiment de sa vocation future.

«Ma plus forte impression, continuetil, après cellelà, c'est le musée des monuments français... C'est là, nulle autre part, que j'ai reçu d'abord la vive impression de l'histoire. Je remplissais ces tombeaux de mon imagination, je sentais ces morts à travers les marbres, et ce n'était pas sans quelque terreur que j'entrais sous les voûtes basses où dormaient Dagobert, Chilpéric et Frédégonde.»

Les rares facultés de l'enfant avaient de bonne heure frappé ses parents. Ils avaient foi en son avenir, ils résolurent de tout sacrifier pour donner à leur fils l'instruction qui lui manquait. Son père réduit au dénûment, sa mère malade, consacrèrent leurs dernières ressources à le faire entrer au collège. Il y trouva des maîtres éminents, MM. Villemain et Leclerc, qui le soutinrent de leur bienveillance, mais aussi des camarades moqueurs qui raillèrent sa pauvreté. Il devint timide, «effarouché comme un hibou en plein jour», chercha la solitude, vécut avec les livres; mais cette épreuve ne fit que tremper plus fortement son âme. Il sentit ce qu'il valait, prit foi en luimême.

«Dans ce malheur accompli, privations du présent, craintes de l'avenir, l'ennemi étant à deux pas () et mes ennemis, à moi, se moquant de moi tous les jours, un jour, un jeudi matin, je me ramassai sur moimême, sans feu (la neige couvrait tout), ne sachant pas si le pain viendrait le soir, tout semblant finir pour moi, j'eus en moi un pur sentiment stoïcien; je frappai de ma main, crevée par le froid, sur ma table de chêne (que j'ai toujours conservée) et je sentis une joie virile de jeunesse et d'avenir».

Cette énergie morale qui triomphe par la volonté des fatalités extérieures a soutenu Michelet pendant toute sa vie. Débile et toujours souffrant, l'esprit chez lui soutenait le corps. Sa conception générale de l'histoire semble avoir été inspirée par la lutte, le drame qui faisait sa vie. Là comme ici, c'était une lutte constante entre la fatalité et la liberté.

Le souvenir de ces années pénibles et parfois amères ne s'est jamais effacé de l'esprit de Michelet. Il est arrivé plus tard à la gloire, à la fortune; mais il n'a point oublié qu'il sortait du peuple et qu'il devait sans doute à cette humble origine quelquesunes de ses meilleures qualités. «J'ai gardé, nous ditil, l'impression du travail, d'une vie âpre et laborieuse, je suis resté peuple... Si les classes supérieures ont la culture, nous avons bien plus de chaleur vitale... Ceux qui arrivent ainsi, avec la sève du peuple, apportent dans l'art un degré nouveau de vie et de rajeunissement, tout au moins un grand effort. Ils posent ordinairement le but plus haut, plus loin que les autres, consultant peu leurs forces, mais plutôt leur cœur.»

Il attribuait en effet à son origine plébéienne cette chaleur, cette tendresse de cœur qui a été l'inspiration de sa vie. La pauvreté, les railleries du collège avaient un instant refoulé cette tendresse au dedans de lui, l'avaient rendu sauvage et misanthrope, sans que pourtant l'envie effleurât jamais son âme. Mais dès que, sorti du collège, il y rentra comme professeur, dès qu'il put donner aux autres quelque chose de luimême, son cœur se rouvrit, se dilata. «Ces jeunes générations, aimables et confiantes, qui croyaient en moi, me réconcilièrent à l'humanité».

Au moment où Michelet entrait dans l'enseignement, et professait, d'abord à l'institution Briand, puis au collège Charlemagne, enfin, à partir de , au collège SainteBarbe, fondé par l'abbé Nicole, il ignorait encore que l'histoire fût sa vocation; les circonstances le lui révélèrent. C'étaient les lettres anciennes et surtout la philosophie qui l'attiraient. Ses thèses de doctorat, soutenues en portaient sur les vies de Plutarque et sur l'idée de l'infini dans Locke. Quand il est reçu agrégé en il demande d'être désigné pour l'enseignement de la philosophie. C'est à contrecœur qu'il enseigne l'histoire à SainteBarbe. Toutefois, bien que ses lectures fussent presque toujours, jusqu'en , des lectures d'auteurs classiques ou de philosophes, un instinct secret le détournait des spéculations métaphysiques pour le tourner vers la philosophie du langage, l'histoire des idées, la philosophie de l'histoire. De bonne heure il voit dans l'histoire la contreépreuve de l'observation psychologique et comme une psychologie collective. Il projette dès un livre sur le caractère des peuples trouvé dans leur vocabulaire, puis un essai sur la culture de l'homme, puis une histoire philosophique du christianisme. Une fois à SainteBarbe il entreprend l'étude de Vico tout en faisant les cours d'où devait sortir en l'admirable Précis d'histoire moderne, paru peu de mois après la traduction de la Philosophie de l'histoire de Vico.

Lorsqu'en , monseigneur Frayssinous rétablit, sous le nom d'École préparatoire, l'École normale qui avait été supprimée en , et résolut par raison d'économie de confier à un seul maître l'enseignement de l'histoire et celui de la philosophie, Michelet se mit aussitôt sur les rangs. Cet enseignement paraissait fait pour lui, qui menait de front depuis quatre ans son enseignement historique et ses études personnelles de philosophie. Il fut nommé en février . Il conçut immédiatement ses deux cours comme les deux parties inséparables d'un même enseignement. Sa première leçon fut une introduction générale aux deux cours. Il veut que l'histoire et la philosophie se prêtent un mutuel secours. L'histoire étudiera les faits, la philosophie les lois, l'histoire l'homme collectif, la philosophie l'homme individuel. En effet, tandis que son cours de philosophie est un cours de psychologie et de morale, celui d'histoire est une histoire de la civilisation, où il cherche à dégager le caractère des divers peuples et leur évolution religieuse. Il montre l'humanité comme l'individu passant de la spontanéité à la réflexion, de l'instinct à la raison, de la fatalité à la liberté. On voit naître dans son esprit la conception philosophique qui dirigera tous ses travaux historiques: l'histoire est le drame de la lutte entre la liberté et la fatalité. Le christianisme commence la victoire de la liberté, la réforme la continue, la Révolution l'achève. Pour bien comprendre l'œuvre ultérieure de Michelet, il ne faut jamais oublier quels furent ses débuts, et que l'historien chez lui, comme le naturaliste, s'est toujours cru un philosophe.

Bien qu'il aille en en Allemagne réunir des livres d'histoire pour une étude sur Luther, et bien qu'il ait déjà fait le plan d'un ouvrage sur la Réforme et le XVIe siècle, c'est toujours la philosophie qui l'attire le plus. En , quand on sépare les deux enseignements dont il était chargé, il demande de conserver celui de la philosophie. M de Montbel le contraint à se vouer exclusivement à l'histoire et même à l'histoire ancienne. Il se met à enseigner l'histoire romaine et du premier coup il conçoit une œuvre d'une rare originalité qu'il perfectionna dans un voyage à Rome au printemps de et dont la première partie, la République, parut en . Il comptait y ajouter l'histoire de l'Empire, mais les circonstances vinrent encore ici disposer de lui. Après la Révolution de , l'École normale fut rétablie sur son plan primitif, avec deux professeurs d'histoire, l'un pour l'antiquité, l'autre pour le moyen âge et les temps modernes. C'est de ce dernier enseignement que Michelet fut chargé et c'est de ses nouveaux cours que sortit son histoire de France.

Cette période d'enseignement à l'École normale qui dura jusqu'à et à laquelle Michelet ajouta encore la suppléance de Guizot à la Sorbonne en et , fut peutêtre la plus heureuse période de sa vie et fut à coup sûr la plus féconde. Marié en vivant dans une studieuse solitude, où pénétraient quelques rares amis, tels qu'Eugène Burnouf et le physiologiste Edwards, ses fonctions de professeur aux Tuileries, d'abord de la princesse Louise, fille de la duchesse de Berry, puis de la princesse Clémentine, fille de Louis Philippe, ne faisaient pas de lui un mondain. Il vivait pour ses élèves et ils éprouvaient pour lui un enthousiasme mêlé de tendresse. Il aimait plus tard à raconter les joies de cet enseignement; comment, au fort de l'hiver, il descendait la rue SaintJacques, en frac noir et en escarpins, sans paletot pour se couvrir, mais insensible au froid et à la bise «tant était ardente, disaitil, la flamme intérieure». Ceux qui ont eu le privilège de l'entendre alors ont gardé le souvenir ineffaçable de ces leçons éloquentes et pleines d'idées où il savait si bien communiquer aux autres la passion qui l'animait. Lui, de son côté, puisait dans son enseignement, dans l'entourage affectueux et sympathique de ses élèves, la force qui devait le soutenir et l'inspirer dans le travail de toute sa vie.

L'Histoire romaine fut le premier fruit de cette période heureuse de jeunesse et d'enthousiasme. À ce moment les travaux de Guizot et d'Augustin Thierry avaient donné une impulsion extraordinaire aux études sur le moyen âge. L'ouvrage de Michelet parut au premier moment devoir exercer une influence semblable sur l'étude de l'antiquité. La puissance de son imagination, la magie de son style donnaient à l'histoire de la vieille Rome la réalité de l'histoire contemporaine. Les hardies hypothèses de Niebuhr, restées jusqu'alors inaccessibles à la masse du public lettré et comme étouffées sous une obscure et pesante érudition, apparaissaient tout à coup vivantes et colorées. Le récit de Michelet semblait plus convaincant que la plus solide démonstration; où Niebuhr s'efforçait de prouver, lui il voyait et il montrait. Néanmoins l'œuvre de Michelet n'eut en France que peu d'influence. La routine de l'enseignement ne s'émut pas de cette tentative qui aurait pu être si féconde. Il eut beaucoup d'admirateurs, mais peu de disciples. Luimême dut quitter bientôt l'antiquité pour s'occuper du moyen âge.

Ce ne furent pas seulement les nécessités nouvelles de son enseignement qui le poussèrent à écrire l'Histoire de France. La France était à ses yeux le principal acteur de ce drame de la liberté qui remplissait l'histoire; et de plus il éprouvait pour le moyen âge le même attrait que la plupart de ses contemporains.

Il était impossible, en effet, qu'une âme aussi impressionnable que celle de Michelet échappât à la contagion du mouvement romantique qui depuis le commencement du siècle s'était emparé de tous les esprits. On s'était épris de la littérature, des mœurs, des coutumes, des monuments, de l'histoire du moyen âge. La poésie, le théâtre, le roman, la peinture ne représentaient plus que seigneurs féodaux, vieux donjons, châtelaines amoureuses de leurs pages; et la sublimité des cathédrales gothiques faisait oublier la perfection des temples de la Grèce. Il y avait beaucoup d'engouement, de mode passagère dans ce mouvement; beaucoup de mauvais goût et de fausses couleurs dans la manière dont on peignait le passé. Néanmoins tout n'était pas factice dans l'amour qu'on portait aux antiquités nationales. Après le violent déchirement de la Révolution, après cet effort gigantesque pour anéantir un passé devenu odieux et pour créer de toutes pièces une France nouvelle, effort qui avait abouti au despotisme et à l'épuisement de toutes les forces du pays, on se prit naturellement à regretter les ruines qu'on avait faites, et l'on se demanda s'il n'y avait rien dans tout ce passé qui fût digne d'être admiré, aimé et, s'il était possible, sauvé du grand naufrage. En politique, la tentative faite pour rattacher la nouvelle France à l'ancienne avait échoué. La Restauration ne sut prendre de l'ancien régime que ses préjugés arriérés et ne sut pas favoriser ce qu'il y avait d'intelligent dans cette réaction contre la Révolution et l'Empire. Elle fut emportée en . Mais la révolution de n'étouffa pas l'intérêt qui attirait tous les esprits vers le moyen âge. On commença, au contraire, à le connaître d'une manière plus sérieuse et plus scientifique; on publia de vieux textes, on étudia l'ancienne langue, l'ancien droit, on se mit à fouiller et à classer les archives. Michelet, qui avait applaudi avec toute la jeunesse libérale de l'époque à la révolution de et qui l'avait même célébrée dans son Introduction à l'Histoire universelle (), comme le couronnement naturel de l'histoire de France, partageait en même temps l'intérêt passionné de ses contemporains pour le moyen âge.

En , il avait été nommé chef de la division historique aux Archives nationales. Dans cette immense collection de documents échappés au temps et aux révolutions, le rêve vaguement entrevu dans son enfance, lorsqu'il parcourait le Musée des monuments historiques, prit corps à ses yeux. Son imagination évoqua les morts qui dormaient dans cette vaste nécropole historique; ces parchemins usés et noircis lui apparurent comme les témoins contemporains des siècles abolis dont il écoutait la voix et recueillait le véridique témoignage. Il résolut de donner à la patrie son histoire. En parut le premier volume de l'Histoire de France; le sixième, publié en , s'arrêtait à la mort de Louis XI. Ces six volumes resteront, je crois, dans l'avenir, le plus solide titre de gloire de Michelet, la partie la plus utile et la plus durable de son œuvre. Le tableau de la France qui ouvre le second volume, la vie de Jeanne d'Arc, le règne de Louis XI, peuvent être cités parmi les plus beaux morceaux historiques qu'ait produits la littérature contemporaine. On y trouve une érudition consciencieuse, une étude approfondie des documents originaux, et en même temps un génie vraiment créateur, qui pénètre dans l'âme même des personnages et sait les faire vivre et agir. Michelet a un sens historique plus large et plus profond que ses illustres devanciers, Guizot et Augustin Thierry. Tandis que ceuxci cherchent dans le passé et y admirent surtout les institutions, les idées ou les tendances qu'ils défendent euxmêmes dans le présent; tandis qu'ils laissent voir partout leurs théories et leurs opinions sur la politique contemporaine, Michelet cherche et admire surtout dans le passé ce qu'il eut d'original, de caractéristique; il oublie ses propres idées, ses propres sentiments, pour comprendre par une intelligente sympathie les idées et les sentiments des hommes d'autrefois. Pour lui, l'histoire n'est ni un récit, ni une analyse philosophique, c'est une résurrection. Je retrouve chez lui ce mélange d'érudition et d'esprit divinatoire qu'on admire chez les maîtres de la science allemande, chez Niebuhr, chez Mommsen, chez Jacob Grimm surtout, qu'il avait connu et à qui il avait voué une tendre et profonde admiration.

En même temps qu'il publiait l'Histoire de France, il ébauchait à la Faculté des lettres, où il suppléa Guizot en et en , l'Histoire de la Renaissance et de la Réforme. C'est à cette époque qu'il fit paraître, sous le titre de Mémoires de Luther (), une série d'extraits tirés des œuvres de Luther, qui forment une intéressante et vivante biographie du grand réformateur; un peu plus tard il entreprenait, dans la Collection des documents inédits relatifs à l'histoire de France, la publication des pièces du procès des Templiers (), vol. in°; enfin il publiait les Origines du Droit (), où il cherchait à montrer que l'ancien droit français était non un ensemble de formules abstraites et de déductions rationnelles, mais l'expression vivante du développement historique de l'humanité et de la nation.

Quelque absorbé qu'il fût par les études sur le moyen âge, Michelet avait une nature trop vivante et trop impressionnable pour rester étranger aux passions contemporaines. Volontairement éloigné des distractions du monde, il n'en était que plus accessible aux grands mouvements d'idées qui entraînaient sa génération. En , il se fit mettre en congé à l'École normale, soumise à l'énergique mais étroite direction de M. Cousin, et en il fut appelé à la chaire d'histoire et de morale au Collège de France. Au lieu d'un petit auditoire d'élèves, auxquels il devait enseigner, sous une forme simple, des faits précis et une méthode rigoureuse, il eut devant lui une foule ardente, mobile, enthousiaste, qui lui demandait, non plus la jouissance austère des recherches scientifiques, mais l'entraînement momentané d'une parole éloquente et généreuse. Le caractère vague et hybride de la chaire d'histoire et de morale semblait justifier d'avance un enseignement où les idées générales auraient plus de place que les faits, où de hardies synthèses remplaceraient les procédés patients de la critique. À côté de Michelet se trouvaient Quinet et Mickiewicz, qui, comme lui, se crurent appelés au Collège de France à une sorte d'apostolat philosophique et social. Les trois professeurs formèrent une espèce de triumvirat intellectuel, dont l'action fut immense sur la jeunesse de l'époque. Cette activité nouvelle eut sur Michelet une influence décisive que vinrent encore fortifier les événements de la vie publique. À partir de , la monarchie de Juillet adopta une politique d'immobilité, de résistance à tout progrès, qui devait fatalement amener à une catastrophe, en jetant un grand nombre d'esprits généreux et libéraux dans des opinions extrêmes et des tendances révolutionnaires. Michelet fut de ce nombre. Fils du XVIIIe siècle, il voulut combattre l'influence cléricale; il publia son cours sur les Jésuites (), et le Prêtre, la Femme et la Famille (), livre d'analyse psychologique fine et profonde, où, comme dans ses cours, la prédication morale prenait l'histoire pour base. Sorti des rangs du peuple et fier de son origine, il combattit à côté des apôtres socialistes dont il ne partageait pas, du reste, les utopies, et exposa dans le Peuple () les souffrances, les aspirations et les espérances du prolétaire et du paysan. Né sous la Révolution et habitué dès l'enfance à voir en elle le salut du monde, il voulut l'enseigner aux générations nouvelles telle qu'il la voyait, comme un évangile de justice et de paix, et il écrivit son Histoire de la Révolution, dont le premier volume parut en . À vrai dire, et malgré les innombrables et minutieuses recherches sur lesquelles cet ouvrage est appuyé, ce n'est pas une histoire, c'est un poème épique en sept volumes, dont le peuple est le héros, personnifié en Danton. Il est possible que la critique historique laisse intactes peu de parties de cette œuvre de Michelet, mais plusieurs passages, la prise de la Bastille, la fête de la fédération, par exemple, ont la beauté durable des grandes créations littéraires. Seul des historiens de la Révolution, Michelet fait comprendre l'enthousiasme crédule et sublime, l'espérance infinie qui saisit la France et l'Europe au lendemain de .

Entre la composition de l'Histoire de France au moyen âge et celle de l'Histoire de la Révolution française, un profond changement s'était opéré dans le génie de Michelet. Il avait perdu de son calme, de sa mesure, de son impartialité scientifique; il avait pris parti d'une manière passionnée dans les plus graves questions politiques et sociales; sa pensée et son style se ressentaient de l'allure fiévreuse, hachée, qui donnait tant d'originalité à sa parole. Mais, en même temps, sa puissance d'imagination et d'expression avait encore grandi; au lieu de répandre, comme autrefois, sa sympathie en artiste et en poète sur toutes les puissantes manifestations de l'esprit humain, s'éprenant successivement du catholicisme du moyen âge et du protestantisme de Luther, du génie de César et des républiques de Flandre, il concentrait cette sympathie sur quelques grandes causes, dont il devenait l'apôtre; l'ardent foyer qui brûlait en lui, plus concentré, brilla d'une flamme plus haute et plus vive. Ces causes étaient toutes nobles et saintes; elles se résumaient dans les mots de paix, de justice, de progrès. Il voulait réconcilier les nations dans la fraternité universelle; réconcilier les partis et les classes dans l'unité de la patrie; réconcilier la science et la religion dans l'âme humaine. C'était là, à ses yeux, le credo laissé par la Révolution. Sa pensée s'étant précisée, son style était devenu plus personnel, plus original, plus dégagé de toute convention, de toute influence extérieure, plus conforme à sa pensée.

La révolution de février éclata. Michelet put croire un instant à la réalisation de tout ce qu'il avait désiré, voulu, prêché. Il put croire que son apostolat n'avait pas été stérile, lui qui avait voulu tirer de l'histoire un principe d'action et créer «plus que des esprits, des âmes et des volontés». Son illusion fut de courte durée. À l'aurore de concorde et de liberté du printemps de , succédèrent les journées de Juin, l'expédition de Rome de , la réaction de , le coup d'État de . Michelet fut destitué de sa chaire au Collège de France en ; le refus de serment le força de quitter sa position aux Archives en juin . Ce brusque naufrage de toutes ses espérances, ce silence et cette inaction succédant subitement à une période d'activité fiévreuse et de lutte, étaient faits pour briser son cœur et lui ôter jusqu'à la force de vivre. Bien qu'il continuât à combattre pour les causes qui lui étaient chères en terminant son Histoire de la Révolution (), et en racontant les épisodes dramatiques du mouvement de dans l'est de l'Europe (Pologne et Russie, ; Principautés danubiennes, ; Légendes démocratiques du Nord,), il se sentait impuissant et découragé. Il eut succombé à l'accablement et au trouble moral où le jetèrent ces catastrophes s'il n'avait pas eu en lui une puissance indestructible de foi et d'amour, et si un événement heureux n'avait, pour ainsi dire, renouvelé son âme et ne lui avait permis de recommencer une seconde vie.

Vivant loin du monde, absorbé par son travail et son enseignement, ne quittant la solitude de son cabinet que pour la foule réunie autour de sa chaire du Collège de France, Michelet, avec sa nature aimante, délicate et passionnée, avait besoin d'être au foyer domestique entouré de soins, de tendresse et de dévouement. Il n'avait pas cette joie: sa femme était morte en ; sa fille s'était mariée en ; son fils vivait loin de lui. L'agitation des dix années qui suivirent la mort de sa femme lui avait un peu dissimulé ce qui manquait à sa vie intérieure; mais maintenant qu'au dehors tout s'écroulait à la fois, qu'allaitil devenir? Ce fut alors qu'il rencontra celle qui devint sa compagne pendant les vingtcinq dernières années de sa vie. Par elle il retrouva tout ce qui était nécessaire à sa vie intellectuelle et morale. Elle fut la gardienne vigilante de son travail, elle fit respecter sa solitude, elle mit autour de lui l'ordre et le calme. Le génie de Michelet, fait d'émotion et de sympathie, avait besoin de sympathie et d'échange constant des sentiments et des pensées. L'enseignement lui avait procuré cet échange avec la jeunesse qu'échauffait et remuait sa parole; l'enseignement lui était interdit. Il eut désormais auprès de lui l'âme la mieux faite pour le comprendre, en qui ses pensées trouvaient un écho et lui revenaient rajeunies et revêtues des grâces multiples et changeantes de la nature féminine. Il lui dut un renouvellement de vie.

Leurs ressources étaient minimes. Ils quittèrent Paris et se retirèrent à la campagne. Là, sous l'influence bienfaisante de son bonheur domestique, Michelet abandonna pour quelque temps l'histoire, «la dure, la sauvage histoire de l'homme», et se tourna vers la nature. Il l'avait toujours aimée, il l'avait défendue contre la défiance et les injustes malédictions de l'église; mais il y voyait cependant un monde soumis à la fatalité, contre lequel lutte la liberté humaine. Grâce à l'influence et à l'active collaboration qu'il avait à ses côtés, il vit désormais une étroite parenté entre l'homme et la nature; au moment où les hommes, où ses concitoyens trompaient toutes ses espérances, il trouva dans la nature une sympathie consolatrice. Loin de confondre l'homme avec la nature et de le soumettre aux lois fatales qui semblent la régir, il sut voir en elle les germes de la liberté morale, des rudiments de pensées et de sentiments semblables aux nôtres. En un mot, il lui donna une âme. Dès lors la solitude morale que les événements lui avaient faite se trouva peuplée. Il reconnut autour de lui, dans les animaux, dans les plantes, dans tous les éléments, des âmes sympathiques auxquelles il prêtait luimême le langage et la voix. Ce fut l'origine d'une série de livres d'une forte et charmante originalité, l'Oiseau (), l'Insecte (), la Mer (), la Montagne (), qui furent comme autant de chants d'un poème de la nature; la poésie se faisait l'interprète de la science, et cette série de tableaux et de descriptions d'une vérité et d'une puissance merveilleuses formaient dans leur large développement comme un hymne mystique au Dieu infini, unique, présent et vivant dans la multiplicité des choses. Qui pourrait oublier les pages consacrées au rossignol, cet artiste dont le chant, comme toutes les grandes créations musicales, fait entrevoir l'infini? ou celles qui nous parlent des Alpes, «ce château d'eau de l'Europe, le cœur du monde européen», qui répand dans tous les membres du vieux continent l'eau, la vie, la fécondité, et conserve dans ses vallées le dépôt sacré des mœurs simples et des institutions libres? Les savants de profession ont sans doute trouvé à reprendre dans ces livres des erreurs, des inexactitudes, des exagérations. Ils n'en ont pas moins été une révélation. Ils ont montré que les sciences naturelles, qu'on accuse parfois de dessécher l'âme, de dépoétiser la nature et de désenchanter la vie, contiennent les éléments d'une poésie variée et profonde, dont le charme n'est point soumis aux caprices du goût et de la mode, parce qu'il a sa source dans la réalité intime et immuable des choses.

Il en est, de la religion comme de la poésie; ses formes peuvent changer; elle demeure un besoin indestructible de l'âme et trouve dans la ruine même des anciens dogmes et des vieilles croyances le point de départ de jeunes croyances et de dogmes nouveaux. On a cru et on a dit que les progrès des sciences chasseraient la religion, comme la poésie d'un ciel désormais sans mystères. Michelet trouve dans les sciences mêmes la démonstration d'une foi nouvelle. Elles lui révèlent une harmonie jusqu'alors méconnue dans toutes les parties de l'univers, depuis le minéral qui agrège ses cristaux jusqu'à l'homme qui souffre et qui pleure, et cette harmonie aboutit à l'unité supérieure de la pensée divine et de l'être absolu. Aux spiritualistes étroits qui donnent à l'homme seul le droit à l'âme et condamnent le reste au néant, aux matérialistes qui, en niant l'âme, nient la vie ellemême, il répond en montrant la vie, et avec la vie l'âme, répandues dans toute la nature à des degrés différents et sous des formes diverses. Toute la nature participe ainsi à la vie divine qu'elle manifeste dans une variété infinie. C'est là du panthéisme, diraton. Je le veux bien; mais c'est le panthéisme qui est au fond de toute conception vraiment religieuse de la divinité. Ce n'est point le panthéisme abstrait qui anéantit la nature en Dieu, car nui n'a plus que Michelet le sentiment de la réalité et de la vie; ce n'est point le panthéisme matérialiste qui absorbe Dieu dans la nature, car il croit à des réalités supérieures au monde sensible, à une perfection suprême où tend l'aspiration éternelle de la nature entière. En trouvant ainsi dans les sciences la source d'une poésie et d'une foi nouvelles, Michelet commençait à réaliser l'œuvre jadis vaguement entrevue pendant son enseignement, la pacification de la science et de l'âme humaine.

Deux choses avaient rendu à Michelet la paix de l'âme et l'espoir dans l'avenir: le bonheur domestique et la communion avec la nature. De même qu'il avait révélé quelle puissance de relèvement et de régénération la nature porte en elle, il vit et montra dans la rénovation des mœurs, dans l'épuration de l'amour et de la famille Je moyen assuré de fortifier les caractères et d'affranchir les âmes. Sur les ailes de l'Oiseau il avait échappé aux accablantes fatalités de l'histoire; l'Insecte lui avait enseigné la puissance du lent et persévérant labeur; la Mer lui avait promis de retremper dans l'amertume salutaire de ses eaux les membres fatigués d'une génération vieillie avant l'âge; il avait trouvé dans les salubres émanations de la Montagne le cordial capable de relever les courages abattus. Mais ce n'est pas assez de ces influences extérieures; il faut au plus intime de nousmêmes un foyer de tendresse, de chaleur, de jeunesse. Ce foyer, c'est l'amour seul qui le crée; l'amour tel que le font le mariage et la famille, avec tous leurs devoirs comme avec toutes leurs joies. Dans l'Amour (), Michelet nous a dit comment,

par l'amour, l'esprit et le cœur conservent le don d'éternelle jeunesse; dans la Femme (),
il a montré ce que peut et doit être la femme, «l'adorable idéal de grâce dans la sagesse
par lequel seul la famille et la société ellemême vont être recommencées».

Ces deux livres ont été l'objet de plus d'une critique sévère; on a reproché à Michelet
d'embellir des couleurs de son style et de sa poésie des détails physiologiques qu'il eût
mieux valu laisser aux livres de science; on l'a trouvé indiscret. Il peut y avoir quelque
chose de fondé dans ces reproches; mais le principal tort de Michelet a été de ne pas
songer assez au public français, à l'esprit gaulois qui a toujours pris pour sujets de ses
railleries l'amour et le mariage. Michelet n'avait rien de cet esprit; rire en pareil sujet lui
eût semblé de l'impiété; pénétré de la sainteté de la cause qu'il défendait, il osa tout dire,
oubliant que, si «tout est pur pour les purs», il n'en est pas de même pour la foule frivole
et rieuse. Mais ceux qui liront ces livres avec un esprit sérieux et sincère, et qui y
chercheront avant tout l'inspiration morale qui les anime, n'y trouveront que de graves
et nobles enseignements. Ils prêchent «la fixité du mariage» et nous disent que «sans
mœurs il n'est point de vie publique». Ils veulent «replacer le foyer sur un terrain
ferme», car «si le foyer n'est ferme, l'enfant ne vivra pas». Michelet ne perd pas de vue le
but final de ses efforts et de ses désirs: «former des cœurs et des volontés.» L'amour
n'est pour lui que le point de départ de l'éducation; le livre de l'Amour était la préface de
Nos Fils, où il exposa en détail ses idées sur ce grand problème de l'éducation, déjà
abordé dans le Peuple et dans la Femme. L'analyse psychologique de l'âme de l'enfant et
l'étude des systèmes de pédagogie de Rousseau, Pestalozzi, Frœbel, l'amènent au même
résultat. L'éducation se résume dans ces mots: famille, patrie, nature. L'enfant doit
apprendre «la patrie, son âme, son histoire, la tradition nationale», et les sciences de la
nature, «l'universelle patrie». Par qui doitil les apprendre? Par les écoles, sans doute,
mais avant tout par la famille, par son père et par sa mère qui lui enseignent à aimer la
vérité, c'estàdire la Loi dans la nature et la Justice dans l'humanité. Loin d'exclure la
religion, cette éducation est tout entière religieuse, car la patrie et la nature ne sont pour
Michelet que des manifestations de Dieu. Le père et la mère représentent auprès de
l'enfant deux tendances diverses et pourtant concordantes; «lui, la justice exacte, la loi
en action, énergique et austère; elle, la douce justice des circonstances atténuantes, des
ménagements équitables que conseille le cœur et qu'autorise la raison». C'est leur
accord, leur harmonie, leur amour qui est la base de toute forte éducation. Cette
doctrine, dont tous les traits principaux se trouvent déjà dans le Peuple, est développée
dans Nos Fils avec l'énergie et l'éloquence d'une foi profonde.

Ce n'était pas assez pour Michelet de dire dans quel sens devait être dirigée l'éducation,
à quel but elle devait tendre; il avait voulu entreprendre luimême le rôle d'éducateur,
écrire un livre qui résumât les enseignements capables de régénérer les âmes. Il
composa la Bible de l'Humanité (). Il cherche dans les doctrines religieuses et morales
de chaque peuple ce qu'elles ont de plus original et de plus élevé, et recueille ainsi de la

bouche des ancêtres le credo des générations nouvelles. «L'humanité, ditil, dépose incessamment son âme en une bible commune. Chaque grand peuple y écrit son verset. Ces versets sont fort clairs, mais de formes diverses, d'une écriture très libre, ici en grands poèmes, ici en récits historiques, là en pyramides, en statues.» L'antiquité «diffère très peu des temps modernes dans les grandes choses morales... pour le foyer surtout et les affections du cœur, pour les idées élémentaires de travail, de droit, de justice» Michelet retrouve dans les antiques doctrines de la race aryenne les idées même auxquelles l'avait conduit l'étude de la nature et de l'histoire. Toute l'antiquité joint sa voix à la sienne: l'Inde avec sa tendresse pour tout ce qui vit et sent; l'Égypte «avec son espoir, son effort d'immortalité»; la Grèce avec son dévouement à la cité, à la patrie; la Perse avec «le labeur qui dompte, qui féconde la nature», et son haut idéal de vie conjugale, active et chaste. Ce livre, «dont le genre humain est l'auteur», mais qui n'est encore qu'un essai, une magnifique ébauche, se termine par ce mot simple et profond qui renferme toute la morale de Michelet: «Le foyer est la pierre qui porte la cité.»

Pendant cette période si féconde d'activité littéraire où il révélait la poésie des sciences et mettait toutes les ressources de son imagination et de son éloquence au service de ses idées d'éducation morale et de philosophie, religieuse, Michelet n'avait point abandonné ses travaux historiques. De à , il termina son Histoire de France, depuis Charles VIII jusqu'à . Cette seconde partie de l'histoire de France est conçue dans un tout autre esprit et exécutée d'après une tout autre méthode que la première. L'homme d'action, le poète, le philosophe l'emportent désormais sur l'historien et le critique. Au lieu d'une sympathie équitable pour toutes les grandeurs du passé, Michelet attaque avec violence tout ce qui n'est pas conforme à son idéal moderne de justice et de bonté, le moyen âge, le catholicisme, la monarchie. Au lieu de donner à chaque événement, à chaque personnage la place proportionnée qui lui est due, il se laisse guider par les caprices de son imagination, se répand à chaque instant en des digressions poétiques. Enfin il ne nous donne plus un récit suivi des faits, mais une série de considérations, de réflexions, d'appréciations à propos des faits. Toutefois, s'il est moins réglé et moins sage, son génie n'en éclate qu'avec plus de puissance. Ce n'est plus une lumière continue et limpide, ce sont des éclairs qui illuminent par secousses. Qui a jamais su dire comme Michelet la joie héroïque de Luther, la mélancolie sublime d'Albert Durer, la sombre énergie des martyrs calvinistes, la fine et luxurieuse corruption des Valois? Tout est nouveau, imprévu, instructif dans cette histoire. Chaque mot fait penser, ou rêver. Avec lui nous mesurons l'énormité de la démence orgueilleuse de Louis XIV, nous comprenons la folie d'agiotage qui saisit la France à l'époque de Law; au seuil de la Révolution nous ressentons dans notre âme les mêmes sentiments de trouble, de malaise et d'immense espoir qui agitaient les contemporains. Il ne nous donne pas sur les événements historiques le jugement définitif d'une critique prudente et exacte; il nous y fait participer avec les passions d'un contemporain. D'autres savent et affirment, lui il voit et il sent.

À cette série de grands travaux historiques se joignit encore un petit volume, la Sorcière (), où il montrait dans la magie et la sorcellerie la protestation persistante de la nature contre les proscriptions de l'église et sa victoire finale après des siècles de luttes et d'atroces persécutions. Le volume intitulé: la Pologne martyre, qui parut au milieu de l'insurrection polonaise de , n'était que la réimpression des récits émouvants et éloquents qu'il avait publiés jadis sur les héros et les martyrs de la révolution en Pologne, en Hongrie, en Roumanie.

Le dernier volume de l'Histoire de France avait paru en . Transformé, rajeuni par ses études de sciences naturelles et de psychologie morale, Michelet avait fourni, comme historien, une nouvelle carrière. Non seulement il avait retrouvé en luimême la force et la foi nécessaires pour vivre et agir, mais il voyait la France, si longtemps écrasée et étouffée par le despotisme, reprendre peu à peu son énergie passée, reconquérir une à une ses libertés perdues. Il pouvait de nouveau espérer en l'avenir de cette patrie si passionnément aimée; et il pouvait croire, non sans raison, qu'il avait contribué, par ses pressants appels, à réveiller l'âme endormie de la France. Prompt à devancer, par l'assurance de sa foi, la réalisation de ses désirs, il voyait déjà se lever une génération nouvelle qui aurait appris de lui le respect du foyer, l'amour de la patrie, l'intelligence de la nature. De même qu'en , confiant dans la sympathie, et l'enthousiasme excités par son enseignement du Collège de France, il avait annoncé une transformation sociale par l'union de toutes les classes et par la réforme de l'éducation, en il exprima dans Nos Fils, avec une foi plus grande encore, les mêmes espérances et les mêmes prédictions d'avenir. Nonseulement la France se relevait de son abaissement, mais un esprit de paix, de fraternité semblait naître entre les peuples séparés par des haines héréditaires. En , Paris avait offert à toutes les nations réunies dans une rivalité pacifique sa fastueuse hospitalité; en et , des craintes de guerre bientôt dissipées avaient provoqué en France et en Allemagne, surtout parmi les classes ouvrières, d'unanimes manifestations en faveur de la paix. Il n'était plus question que de progrès sociaux, de réformes libérales. L'esprit de , l'esprit de se réveillait, sans crédulité ni chimères, fondant la fraternité des nations sur l'affermissement de la patrie, et l'union des classes sur l'unité de la France. Michelet voyait déjà réunis «tous les drapeaux des nations, le tricolore vert d'Italie (Italia mater), l'aigle blanc de Pologne (qui saigna tant pour nous!), le grand drapeau du SaintEmpire, de ma chère Allemagne, noir, rouge et or!»

En , ces rêves splendides avaient été dissipés par les fusillades des journées de Juin. En le réveil ne fut pas moins terrible.

Au moment où la ruse ambitieuse de la Prusse et la légèreté criminelle du gouvernement français menacèrent l'Europe d'une guerre impie, Michelet, presque seul, osa protester publiquement contre l'entraînement d'un chauvinisme vaniteux et brutal. Sa clairvoyance d'historien et son sens profond de la justice lui faisaient prévoir l'issue de la guerre. Il avait droit d'être écouté, lui qui toute sa vie avait prêché le patriotisme, comme on fait d'une religion. Sa voix se perdit dans le tumulte, et le juillet il m'écrivait ces lignes prophétiques: «Les événements se sont précipités... Le crime est accompli. L'Europe interviendra, mais pas assez vite pour qu'il n'y ait avant un désastre immense.» Il ne se trompait que sur un point, l'intervention de l'Europe.

On sait ce qui suivit. Michelet avec sa santé débile, encore ébranlée par ce dernier choc, ne pouvait songer à partager les privations du siège de Paris. Il se retira en Italie; mais son cœur restait en France; de loin il ressentit comme s'il eût été présent toutes les agonies, toutes les souffrances de la patrie. Le coup qui abattit la France le frappa lui aussi. La capitulation de Paris provoqua chez lui une première attaque d'apoplexie. Il s'en relevait à peine quand l'insurrection de la Commune éclata. Le mal revint plus violent, tant il avait identifié sa vie à celle de la France. Cependant, bien que frappé à mort, il se releva encore une fois, grâce à l'ingénieuse tendresse et à l'infatigable dévouement qui veillaient à ses côtés, grâce à cette indomptable énergie de l'esprit qui avait toujours soutenu ses forces toujours chancelantes; il se reprit à l'existence. La flamme qui brûlait en lui et sur laquelle avaient en vain soufflé toutes ces tempêtes, un instant obscurcie, reparaissait vive et brûlante. En dépit de tout, il croyait, il espérait toujours. Au moment des plus cruels désastres, il avait publié une petite brochure: La France devant l'Europe, et en face des triomphes de la force, affirmé sa foi dans l'immortalité d'un peuple qui restait à ses yeux le représentant de toutes les idées de progrès, de justice et de liberté. Au lendemain de la Commune, il reprenait la plume et commençait une Histoire du XIXe siècle. Sentant que ses forces le trahiraient bientôt, il mit à ce travail une activité, une énergie extraordinaires. En trois ans, trois volumes et demi furent achevés et imprimés. Mais cette lutte contre la fatalité des forces naturelles ne pouvait durer toujours. Peutêtre s'il avait vu la France, elle aussi, reprendre courage, réparer ses forces morales ainsi que ses forces matérielles, revenir aux traditions généreuses et libérales, ses blessures se seraientelles cicatrisées et auraitil vécu davantage. Mais le triomphe momentané d'une politique étroite et impuissante, la réaction de , lui ôtèrent l'espérance de voir ce réveil de l'âme de la France. Il alla s'affaiblissant de jour en jour et il mourut à Hyères, le février , à midi, en pleine lumière: il semblait que la nature voulût le récompenser de son culte passionné pour le soleil, source de toute chaleur et de toute vie.

Il attendait la mort et la reçut sans trouble et sans plainte. On pouvait lire sur son visage grave et serein les sentiments de paix et de confiance exprimés dans les dernières lignes de son testament: «Dieu me donne de revoir les miens et ceux que j'ai aimés. Qu'il reçoive mon âme reconnaissante de tant de biens, de tant d'années laborieuses, de tant d'œuvres, de tant d'amitiés!»

II

L'HOMME ET L'ŒUVRE

Il suffisait de voir Michelet pour reconnaître que le système nerveux et le développement cérébral l'avaient entièrement emporté chez lui sur le reste du développement physique. On oubliait qu'il eût un corps, tant il était maigre et chétif, et l'on ne voyait que sa belle tête, trop grande, il est vrai, pour sa petite taille, et qu'on eût dit sculptée par son esprit, car elle en était la vivante image. Le haut du visage était admirable de noblesse et de majesté. Son vaste front, encadré de longs cheveux blancs, ses yeux pleins de flamme en même temps que de bonté disaient sa poésie, son enthousiasme, son grand cœur. Les narines minces et dilatées exprimaient une intensité de vie extraordinaire. Sa bouche un peu grande, mais à lèvres fines, dessinée d'un trait accentué et ferme, était tour à tour éloquente et spirituelle et donnait à sa parole un son net et vibrant qui faisait porter chaque mot. Enfin, le bas du visage, le menton carré et un peu lourd, révélaient la forte origine plébéienne; peutêtre même un côté de nature moins idéal, plus matériel, qui ne se trahissait jamais dans la vie, mais qui parfois a percé dans ses derniers livres. Quand il parlait, quand la pensée animait ses yeux, on ne voyait plus que son regard, ce regard qui fut jusqu'au bout limpide et brillant comme chez tous ceux dont le cœur reste jeune. Et qui, plus que lui, eut le don d'éternelle jeunesse? Devenu blanc à vingtcinq ans, il ne changea plus; il ne vieillit pas. Jeune homme, il était d'une maturité précoce; vieillard, il ne perdit rien de sa sève et de son ardeur.

La source de cette immuable jeunesse c'était son cœur. Il a dit luimême en quoi il fut supérieur aux autres historiens contemporains: «J'ai aimé davantage.» Toutes ses grandes qualités morales et intellectuelles pourraient se ramener à une seule, principe de toutes les autres: la puissance extraordinaire d'amour et de sympathie qui était en lui. Il a été le vivant commentaire de la maxime de Vauvenargues: les grandes pensées viennent du cœur.Il n'est pas un de ses livres, pas une de ses doctrines qui n'aient eu pour inspiration un sentiment, quelque grand amour.

S'il a montré dans le Peuple, dans l'Amour, dans la Femme, dans Nos Fils, que l'amour conjugal, le respect du foyer, les liens tendres et forts de la famille sont le point de départ nécessaire de tout progrès social, comme de toute éducation, c'est qu'il devait à ces sentiments le meilleur de luimême. Il ne nous appartient pas de parler de l'unique et profond amour qui a fait l'harmonie et le bonheur des vingtcinq dernières années de sa vie; mais sans parler de cette inspiration, la plus puissante de toutes, combien vivants étaient demeurés en lui les souvenirs de son enfance, les liens qui l'unissaient à ses parents! Il a conservé dans la préface du Peuple la mémoire des sacrifices accomplis par le frère et les sœurs de son père en faveur de leur frère, ceux que sa mère malade s'imposa pour luimême. Il nous a laissé dans la préface de l'Histoire de la Révolution le témoignage du culte qu'il portait à son père et de la douleur que lui causa sa mort. Jamais il ne permit que l'oubli effaçât en lui l'image de ceux qu'il avait aimés; et depuis la mort de sa fille en il garda au cœur une blessure qui dix ans après lui arrachait des plaintes d'une douloureuse éloquence. Le culte des morts était pour lui une religion. Il appelait le cimetière «le vestibule du temple».

La famille était à ses yeux la base de la cité; l'amour de la famille était lié en lui à l'amour de la patrie et celuici à l'amour de l'humanité. Ces deux derniers sentiments ont été la principale inspiration de ses livres d'histoire. Il n'avait point la passion désintéressée de la science ni la curiosité de l'érudit. Tout ce qui n'était pas action et vie le touchait peu. De même qu'en éducation, instruire lui paraissait un point secondaire, et que l'important à ses yeux était d'émouvoir le cœur et de former le caractère, l'étude et l'enseignement de l'histoire étaient pour lui un moyen de perpétuer, de renouveler, de rendre plus intense la vie nationale et d'agir sur l'avenir par le passé. Michelet aima passionnément la France; il a tracé d'elle au second volume de son Histoire un portrait ému, enthousiaste, comme on ferait d'une personne adorée. Il vivait de sa vie dans le passé, et il est mort des coups qui l'ont frappée. Elle était pour lui une religion: «La patrie, ma patrie peut seule, disaitil, sauver le monde.» Son histoire lui semblait le plus beau, le plus utile des enseignements. Il rêvait «une école vraiment commune où les enfants de toute classe, de toute condition, viendraient un an, deux ans, s'asseoir ensemble, et où l'on n'apprendrait rien d'autre que la France.» C'est cet amour pour la France qui lui a dicté son chefd'œuvre, ces pages qu'on ne peut relire sans des larmes, la Vie de Jeanne d'Arc, l'héroïne, le messie de la patrie.

Mais le patriotisme de Michelet n'avait rien de commun avec le chauvinisme étroit de ceux qui ne savent aimer leur pays qu'en haïssant l'étranger. Bien loin d'y trouver des motifs d'égoïsme et de haine, il y trouvait la source d'un amour plus large encore. La patrie était pour lui «l'initiation nécessaire à l'universelle patrie». «Plus l'homme, disaitil, entre dans le génie de sa patrie, mieux il concourt à l'harmonie du globe; il apprend à connaître cette patrie, et dans sa valeur propre, et dans sa valeur relative, comme une note du grand concert; il s'y associe par elle; en elle, il aime le monde.» Si, de toutes les nations, la France lui paraissait la plus digne d'amour, c'est qu'elle est «le représentant des libertés du monde et le pays sympathique entre tous, l'apôtre de la fraternité»; c'est qu'elle a eu plus qu'aucun autre le «génie du sacrifice». La plus haute manifestation du génie de la France est à ses yeux la Révolution, qui restera dans l'avenir son «nom inexpiable, son nom éternel», et la Révolution symbolise pour lui les idées de justice et de concorde universelle. Il eût dit avec le poète:

Je tiens de ma patrie un cœur qui le déborde,
Et plus je suis Français, plus je me sens humain.

Bien que les souvenirs de son enfance lui aient inspiré plus d'une fois des paroles dures pour l'Angleterre et qu'il n'ait jamais compris la grandeur sévère du génie anglosaxon, il aimait les peuples étrangers; il a été un des plus ardents apôtres de la paix, un défenseur de toutes les nationalités souffrantes et opprimées. En , dans une préface nouvelle à son Histoire de la Révolution, il déclarait les guerres internationales désormais impossibles et saluait du cœur l'unité de l'Italie, l'unité de l'Allemagne. La guerre de lui apparut comme un crime, et quand, au plus fort de nos revers, il en appelait au jugement de l'Europe des humiliations infligées à la France, il ne parlait pas de vengeance, mais de la mission de paix et de civilisation que sa patrie régénérée devait continuer à accomplir.

Son amour ne s'adressait pas seulement à cet être collectif qu'on appelle la nation ou à cette abstraction qu'on appelle l'humanité. Il aimait vraiment les hommes comme des frères, d'un amour évangélique, quels qu'ils fussent, quelles que fussent leur langue, leur race et leurs convictions. Cet amour des hommes était toute sa politique; il était républicain, non en vertu d'une théorie rationnelle et abstraite, mais parce que l'aristocratie était à ses yeux un principe d'exclusion, d'orgueil et de dureté, la monarchie un principe d'arbitraire, tandis que la démocratie seule lui paraissait pouvoir donner la liberté sans laquelle l'individu et ses forces intellectuelles ne peuvent se développer, et pouvoir seule pratiquer la fraternité qui, d'un même cœur, embrasse tous les hommes et les fait entrer dans la «cité du droit». Ceux qu'il aimait surtout, c'étaient les plus malheureux, les plus simples, les plus déshérités. Et ce n'était pas en paroles seulement qu'il les aimait. Ce qu'il prêchait dans ses livres, il le mettait en pratique dans sa vie. De même que ses admirations littéraires s'adressaient, non aux écrivains les plus brillants, mais aux natures les plus aimantes, à Ballanche ou à madame DesbordesValmore, son amitié tenait moins de compte des dons de l'esprit que de ceux du cœur. Le génie à ses yeux était peu de chose, ou pour mieux dire, n'existait pas sans la bonté, et la bonté à elle seule tenait lieu de tout. Luimême était d'une exquise bonté. Dans une âme passionnée comme la sienne, sa constante bienveillance, son inaltérable douceur était une haute vertu. Je ne l'ai jamais entendu parler de personne avec amertume, et je ne crois pas qu'il ait jamais volontairement fait de la peine à quelqu'un. Ce qu'il fut pour les pauvres, pour les souffrants, nul ne le saura jamais. Je l'ai vu dépenser son temps en démarches, en correspondances, en efforts de tout genre, pour un pauvre gardien de phare injustement destitué, qu'il avait rencontré par hasard dans un voyage, et cela avec une simplicité extrême, sans aucune attitude de protection; on eût dit un ami prêtant secours à un ami. La dignité et la bonté s'unissaient en lui dans un si parfait accord, qu'il savait autoriser la familiarité tout en imposant le respect.

Mais l'humanité ne suffisait pas à l'insatiable besoin d'aimer qui remplissait son cœur. La cité de Dieu lui paraissait trop étroite s'il se contentait d'y faire entrer tous les hommes: il voulait y admettre tous les êtres vivants. «Pourquoi les frères supérieurs repousseraientils hors des lois ceux que le Père universel harmonise dans la loi du monde?» De ce tendre amour pour la nature sont nés l'Oiseau, l'Insecte, la Mer, la Montagne. Déjà, dans ses Origines du Droit, il reprochait aux hommes de manquer de reconnaissance envers les plantes et les animaux, «nos premiers précepteurs», «ces irréprochables enfants de Dieu» qui ont fait l'éducation de l'humanité. Dans le Peuple, il avait élevé une réclamation touchante en faveur des animaux, «ces enfants» dont l'âme est dédaignée, «dont une fée mauvaise empêcha le développement, qui n'ont pu débrouiller le premier songe du berceau, peutêtre des âmes punies, humiliées, sur qui pèse une fatalité passagère». Il avait béni la science qui fait chaque jour découvrir une parenté plus étroite entre les animaux et l'homme. Plus tard, quand la nature le consola des tristesses que lui causaient les hommes, son amour pour elle devint plus intense; il l'étudia dans sa vie intime, dans les habitudes et les mœurs des êtres innombrables qui l'habitent. Comme une mère suit le moindre mouvement de son enfant et voit dans ses gestes, ses sourires et ses cris tout un monde de sentiments et de pensées, toute la vie d'une âme, cachée aux yeux indifférents, mais sensible déjà au cœur maternel; Michelet sut à force d'amour comprendre et interpréter ce monde de rêves et de douleurs muettes que nous appelons de ce grand nom mystérieux: la Nature. De quel cœur il suit au bord du toit de l'église le petit oiseau à qui sa mère enseigne à essayer ses ailes, à croire en elle, qui lui dit d'oser! C'est un spectacle plus touchant, plus émouvant à ses yeux que celui d'une mère surveillant le premier pas de son enfant. Quelle douleur éveillait en lui la vue des oiseaux prisonniers qui paraissent s'adresser à vous, vouloir arrêter le passant, ne demander qu'un bon maître! Avec quelle tendre sollicitude il épie les lents et minutieux travaux de l'insecte! On a parfois trouvé risible la sympathie avec laquelle il suit les animaux et les plantes, jusqu'au fond des mers, jusqu'au sommet des montagnes, dans leurs luttes, leurs souffrances, leurs amours, faisant des vœux pour leur bonheur et célébrant leurs triomphes par des effusions de joie et de reconnaissance. Cette émotion serait peutêtre risible, si elle n'était profondément sincère. Mais en présence d'un si sérieux, d'un si puissant amour, on retient même le sourire et l'on se reproche les réserves et les objections mesquines qu'élèvent en nous le bon sens vulgaire et la froide raison.

Ce qui donnait à son amour pour la nature le caractère d'un culte enthousiaste et passionné, c'est qu'il voyait et aimait en elle plus qu'ellemême. Elle était pour lui la manifestation sensible et multiple d'une réalité invisible, d'une unité suprême que nous ne pouvons percevoir directement; en un mot, son amour pour la nature n'est qu'une forme de l'adoration de Dieu. Il dit luimême du livre de l'Oiseau: «Pardessus la mort et son faux divorcé, à travers la vie et ses masques qui déguisent l'unité, il vole, il aime à tired'aile du nid au nid, de l'œuf à l'œuf, de l'amour à l'amour de Dieu.» La nature toute seule ne pouvait satisfaire son cœur. Il avait en lui une vie trop intense pour accepter la mort comme une sentence définitive; il avait un trop grand besoin d'amour et d'harmonie pour voir autre chose que de passagères apparences dans les désordres, le mal, la souffrance qui accompagnent la vie terrestre, et pour ne pas croire à l'existence d'un amour infini et d'une harmonie parfaite. C'était son cœur qui lui dictait sa religion, comme il lui avait dicté sa politique. Il ne construisait point de théories philosophiques, il ne s'amusait point à la métaphysique. Dieu ne fut jamais pour lui un principe intellectuel, une cause abstraite, mais «la source de la vie», «l'amour éternel, l'âme universelle des mondes, l'impartial et immuable amour». S'il croit à l'immortalité, ce n'est pas en vertu d'une déduction logique, d'un raisonnement d'école, c'est par un sentiment; par une violente aspiration de l'âme; ce n'est point parce que l'homme est un être intelligent, un esprit qui se croit immortel, mais parce qu'il est un être aimant. «Je ne sens pas pour mon esprit, me disaitil un jour, le besoin d'une vie éternelle; je sens que mes forces intellectuelles ont donné tout ce qu'elles pouvaient produire. Mais je ne puis admettre que la puissance d'aimer qui est en moi soit anéantie.» Il trouvait encore une autre preuve de l'immortalité dans la nécessité d'une autre vie où seront réparées les injustices de la vie terrestre. Il a exprimé dans une page admirable de l'Oiseau cet invincible élan de son cœur vers l'immortalité.

«Le plus joyeux des êtres, c'est l'oiseau, parce qu'il se sent fort au delà de son action; parce que, bercé, soulevé de l'haleine du ciel, il nage, il monte sans effort, comme en rêve. La force illimitée, la faculté sublime, obscure chez les êtres inférieurs, chez l'oiseau claire et vive, de prendre à volonté sa force au foyer maternel, d'aspirer la vie à torrent, c'est un enivrement divin.

»La tendance toute naturelle, non orgueilleuse, non impie, de chaque être, est de vouloir ressembler à la grande Mère, de se faire à son image, de participer aux ailes infatigables dont l'Amour éternel couve le monde.

»La tradition humaine est fixée làdessus. L'homme ne veut pas être homme, mais ange, un Dieu ailé. Les génies ailés de la Perse sont les chérubins de la Judée. La Grèce donne des ailes à sa Psyché, à l'âme, et elle trouve le vrai nom de l'âme, l'aspiration (Grec: asthma). L'âme a gardé ses ailes; elle passe à tired'aile dans le ténébreux moyen âge, et va croissant d'aspiration. Plus net et plus ardent se formule ce vœu, échappé du plus profond de sa nature et de ses ardeurs prophétiques:

»Oh! si j'étais oiseau!» dit l'homme. La femme n'a nul doute que l'enfant ne devienne un ange.

»Elle l'a vu ainsi dans ses songes.

»Songes ou réalités?... Rêves ailés, ravissements des nuits, que nous pleurons tant au matin, si vous étiez pourtant! Si vraiment vous viviez! Si nous n'avions rien perdu de ce qui fait notre deuil! Si d'étoiles en étoiles, réunis, élancés dans un vol éternel, nous suivions tous ensemble un doux pèlerinage à travers la bonté immense!...

»On le croit par moments. Quelque chose nous dit que ces rêves ne sont pas des rêves, mais des échappées du vrai monde, des lumières entrevues derrière le brouillard d'icibas, des promesses certaines, et que le prétendu réel serait plutôt le mauvais songe.»

La religion de Michelet, on le voit, est toute de sentiment et s'adresse plus au cœur qu'à la raison. Comment s'expliquer alors ses jugements si sévères sur le christianisme dans ses derniers ouvrages, l'espèce d'aversion qu'il finit par manifester contre la religion qui enseigne que «Dieu est amour», et contre celui «qui a tant aimé les hommes qu'il est mort pour eux?» Dans ses premiers livres pourtant il avait parlé du christianisme avec une sympathie émue et respectueuse, presque avec le regret de ne pas croire. Ici, comme toujours, c'est à son cœur qu'il faut demander l'explication des fluctuations de son esprit. Tout d'abord, il faut se rendre compte du point de vue spécial auquel il a considéré le christianisme. Élevé dans le catholicisme, vivant en pays catholique, Michelet n'a songé au christianisme que sous la forme du catholicisme. Il voyait toujours l'Évangile à travers l'Imitation de JésusChrist et quand il a écrit dans la Bible de l'Humanité des pages sur le Christ où il rapetisse si visiblement son caractère et son œuvre, ce n'est pas le Christ de l'Évangile qu'il a devant les yeux, mais je ne sais quel Christ monastique, entrevu dans une miniature de missel ou sur un vitrail d'église. Quand il commença son Histoire de France, les tendances cléricales de la Restauration semblaient à jamais vaincues et inoffensives; on ne pensait pas que l'admiration pour le moyen âge pût servir de prétexte à un retour vers les institutions ou les idées du passé. Michelet, sans partager les croyances catholiques, admira le rôle bienfaisant de l'Église, la grandeur de son développement historique pendant les premiers siècles du moyen âge, et se laissa aller sans arrièrepensée à la juste sympathie que lui inspirait «cette mère du monde moderne». La vie de l'Église se confondait pour lui avec la vie même de la patrie, et la renier c'eût été en quelque sorte renier la France. Non seulement il écrivait sur l'architecture gothique, sur la sainteté du célibat ecclésiastique, sur la piété du roi Robert et de saint Louis, des pages d'une beauté incomparable, mais il éprouvait pour l'Église des sentiments d'une affection toute filiale: il n'osait toucher «aux plaies d'une Église où il était né et qui lui était encore chère... Toucher au christianisme! ceuxlà seuls n'hésiteraient point qui ne le connaissent pas. Pour moi, je me rappelle les nuits où je veillais une mère malade; elle souffrait d'être immobile, elle demandait qu'on l'aidât à changer de place et voulait se retourner. Les mains filiales hésitaient; comment remuer ses membres endoloris?» Il se laissait même aller en contemplant les grandeurs du passé à de poétiques regrets. Après avoir cité les paroles de saint Louis à son fils, il ajoute: «Cette pureté, cette douceur d'âme, cette élévation merveilleuse où le moyen âge porta ses héros, qui nous la rendra?» Mais à mesure qu'il avançait dans l'histoire, il voyait l'Église se dégrader, se corrompre, et, après avoir été la gardienne et l'apôtre de la civilisation, se faire l'ennemie de tout progrès et de toute liberté. Son cœur embrassa la cause des persécutés, des victimes de l'Église, avec la même sympathie qu'il avait embrassé la cause de l'Église ellemême. En même temps l'esprit clérical renaissant s'efforçait de ramener la société, moderne non plus seulement à l'admiration, mais à l'imitation du moyen âge. Michelet dut prendre parti dans la lutte, et, pour la défense des idées modernes, rompre avec ses habitudes de respect envers l'Église, quelque profondément enracinées qu'elles fussent dans son cœur. «Le moyen âge, ditil dans le Peuple, où j'ai passé ma vie, dont j'ai reproduit dans mes histoires la touchante, l'impuissante aspiration, j'ai dû lui dire: Arrière! aujourd'hui que des mains impures l'arrachent de sa tombe et mettent cette pierre devant nous pour nous faire choir dans la voie de l'avenir.»

Jusqu'alors il s'était interdit, par piété filiale, de juger l'Église; à mesure qu'il étudia le catholicisme dans son action, dans ses doctrines, son cœur s'en éloigna de plus en plus. Il ne l'attaqua pas au nom de la raison comme illogique, il le réprouva au nom du sentiment comme injuste. La doctrine chrétienne se résuma à ses yeux dans l'opposition de la justice et de la grâce, opposition que son cœur ne pouvait admettre; car la justice sans amour n'est plus qu'une légalité sauvage et impitoyable, et l'amour sans justice un caprice immoral. Il s'émut, s'indigna en voyant la dureté de l'Église pour la femme qu'elle regarde comme un être impur, cause de tentation et de chute; sa dureté pour l'enfant, qu'elle damne, s'il meurt sans baptême; sa dureté pour l'animal à qui elle refuse une âme et en qui elle incarne les démons; sa dureté pour la nature entière, qui représente le mal et le péché. Il regarde le célibat des prêtres comme un attentat contre la vie, la doctrine du péché originel comme un blasphème contre l'enfance, la distinction des élus et des damnés, du ciel et de l'enfer, comme une injure à la bonté de Dieu. L'amour divin enseigné par l'Évangile ne lui apparaissait que défiguré par les mièvreries de la dévotion et par l'orgueil de la théocratie; il ne le trouvait ni assez large ni assez ardent pour satisfaire son cœur. Comment la Bible juive et chrétienne, issue d'un seul peuple, pourraitelle répondre aux besoins de l'humanité? Il lui fallait une Bible plus vaste, où toutes les nations auraient mis le meilleur de leur âme et de leur histoire. C'est de cette Bible de l'humanité que Michelet ébaucha le plan grandiose.

«Jérusalem ne peut rester, comme aux anciennes cartes, juste au point du milieu, immense entre l'Europe imperceptible et la petite Asie, effaçant tout le genre humain... Revenant des ombrages immenses de l'Inde et du Râmayana, revenant de l'Arbre de vie, où l'Avesta, le Shah Nameh, me donnaient quatre fleuves, les eaux du paradis,ici j'avoue, j'ai soif. J'apprécie le désert, j'apprécie Nazareth, les petits lacs de Galilée. Mais franchement, j'ai soif... Je les boirais d'un seul coup.Laissez plutôt, laissez que l'humanité libre aille partout! Qu'elle boive où burent ses premiers pères! Avec ses énormes travaux, sa tâche étendue en tous sens, ses besoins de Titan, il lui faut beaucoup d'air, beaucoup d'eau et beaucoup de ciel,non, le ciel tout entier,l'espace et la lumière, l'infini d'horizon,la terre pour terre promise, et le monde pour Jérusalem.»

Si l'on demandait maintenant qu'elle a été la qualité dominante, la faculté maîtresse de Michelet, je dirais donc que c'était la puissance et le besoin d'aimer. Si sa pensée a quelque chose de saccadé, de fiévreux, c'est qu'on y sent les battements d'un cœur toujours ému. Son imagination même est gouvernée par son cœur et n'est qu'une des formes de sa puissance de sympathie. S'il anime toute la nature, s'il ressuscite les personnages qui ne sont plus, c'est que son cœur ne reste jamais étranger à ce qui occupe son esprit. Il prend parti dans les luttes des éléments comme dans celle des hommes; il aime ou il hait; il raconte les événements passés depuis des siècles comme le ferait un contemporain passionné, et il décrit l'existence des animaux ou des plantes comme s'il avait vécu de leur vie, joui de leur bienêtre et souffert de leurs souffrances. Il s'adresse à la sensibilité plus qu'aux sens; son style est encore plus ému qu'il n'est imagé. Il ne frappe pas notre esprit, comme d'autres grands poètes, comme Victor Hugo par exemple, par des couleurs et par des sons, mais par le mouvement, les sentiments et la vie dont il anime tout ce dont il parle. La forme n'est pour lui que l'expression de l'âme. L'imagination de Victor Hugo s'éprend des apparences extérieures des choses et trouve pour les peindre des ressources infinies de mots et d'images; elle est pittoresque, coloriste, matérialiste pour ainsi dire. L'imagination de Michelet cherche l'essence intime des choses, leur sens caché: elle est mystique et presque métaphysique parfois. Hugo matérialise l'âme, Michelet spiritualise la matière. On pourrait tirer de leurs œuvres des séries parallèles de comparaisons, où Michelet prête des sentiments et des pensées aux objets matériels, auxquels Victor Hugo compare des choses toutes spirituelles. Tout le monde connaît les beaux vers où Victor Hugo compare son âme à une cloche que des mains profanes ont marquée en tous sens d'inscriptions banales ou grossières, mais sur laquelle le nom de Dieu demeure ineffaçable. Voyez au contraire dans Michelet la page sur la cloche de l'église, mêlée à tous les événements domestiques, y prenant part, émue, vibrant de joie, de deuil. «Elle est de la famille.» On pourrait citer un grand nombre d'exemples semblables. Pour Hugo, les sentiments ont des formes, des sons, des couleurs; il parle de l'âme comme si l'on pouvait la toucher et la voir. Pour Michelet, la forme, les couleurs, les sons ne sont que les expressions de certains sentiments, de certaines pensées, les manifestations d'une âme cachée. Il voit les objets inanimés, il en parle comme s'ils étaient des êtres vivants. S'il raconte un naufrage, il nous montre le navire «assommé, éreinté», gisant sur la grève «comme un corps mort». Le flux et le reflux de la marée, c'est «le pouls de l'Océan», dont les eaux répandent la vie sur le globe comme le sang dans le corps humain. Les phares sont des gardiens dévoués, des, veilleurs infatigables, des portiers des mers; parfois des martyrs, quand, battus de la tempête, ils souffrent de ses coups redoublés. Les lents soulèvements des montagnes sont l'aspiration de la terre vers le soleil, «cet amant adoré»; mais les montagnes aujourd'hui se dégradent lentement, par le déboisement des forêts: «Les arbres souffrent de cette dégradation. Le pied dans les tourbières, le tronc surchargé de mousse, les bras drapés tristement de lichens qui les dominent et les étouffent, ils n'expriment que trop bien l'idée qui me suivait depuis ma lecture de Candolle: «La vulgarité prévaudra.» Partout, en effet, la plaine gagne sur la montagne, elle lui fait la guerre, «et elle marche vers elle pour la raser.»

On a souvent parlé, à propos de Michelet, de caprices, de fantaisie, d'imagination désordonnée errant à l'aventure à travers la nature et l'histoire, saisissant vivement telle ou telle chose au passage et comme par hasard, sans se faire de règle, ni se proposer de but. Rien n'est plus inexact. Jamais homme n'a mieux su le but où il tendait, ni dépensé à ses œuvres une plus grande intensité d'application, un plus grand effort de volonté. Une vague sensibilité errant au hasard dans l'espace n'aurait jamais eu cette puissance créatrice. Chaque chose, chaque être que l'imagination de Michelet vivifie ou ressuscite a été pour lui l'objet d'une contemplation passionnée et exclusive; il a mis à cette contemplation toute l'énergie de désir et de sympathie qui était en lui; si bien qu'il arrive à s'identifier, à se confondre avec l'objet qu'il contemple, par une de ces illusions, par un de ces miracles que l'amour seul peut produire. Comme chez la religieuse extatique qui à force de penser au Christ finit par le voir et l'entendre, la pensée en lui se changeait en vision. On peut l'appeler un halluciné, mais non un rêveur; il apportait au travail une force de volonté, une énergie extraordinaires. Rien ne pouvait le distraire de l'objet de son étude. Jamais il ne lisait un livre, ne se préoccupait d'une chose, étrangers à son travail du moment. Il s'absorbait dans son sujet, il ne voyait que lui. Il acquérait ainsi une intensité prodigieuse de pensée et comme un don de seconde vue. À l'époque de la maturité de son talent, entre et , il ne vivait que dans ses ouvrages, il leur donnait tout ce que son esprit et son cœur avaient de chaleur et d'énergie, à ce point qu'il semblait indifférent au monde, aux hommes, aux personnes même qui lui tenaient de plus près, et qu'il pouvait passer dans la vie ordinaire pour froid et insensible. Les douleurs, les humiliations de son enfance l'avaient tout refoulé en luimême; ce n'est que plus tard, après ses cours du Collège de France et surtout à l'époque de l'Oiseau, que son cœur révéla tout ce qu'il contenait de bonté.

La vie qu'il avait menée dans son enfance, l'éducation qu'il avait reçue, avaient favorisé ce développement excessif de l'imagination. On dit parfois que pour développer l'imagination il faut la nourrir, l'enrichir; c'est le contraire qui est vrai, il faut l'appauvrir et l'affamer. Elle est le résultat d'une exaltation de l'esprit à qui la simple réalité des choses ne suffit pas, et qui supplée à son indigence en la revêtant de couleurs ou de formes créées par luimême, en en exagérant les proportions, en réunissant selon sa fantaisie en combinaisons nouvelles ce que la nature a séparé; en un mot, en créant ce qu'il désire à force de passion et de volonté. Ce désir intense ne peut naître que dans les esprits mal satisfaits des aliments qui leur sont donnés. Si l'instruction et la vie ne fournissent pas au cerveau d'un enfant bien doué une occupation suffisante pour dépenser ses forces, il les dépensera par l'imagination. S'il ne voit pas le monde extérieur, s'il ne reçoit pas par l'instruction la nourriture intellectuelle dont il a besoin, il créera pour luimême un monde. L'imagination la plus puissante que la littérature nous fasse connaître est peutêtre celle de Bunyan, qui a su, dans son Voyage du pèlerin, donner à des allégories et à des symboles plus de réalité que n'en a aucun personnage de roman ou d'histoire. C'était un homme sans instruction, un chaudronnier qui n'avait jamais lu que la Bible et qui était enfermé en prison. Michelet a passé son enfance dans une espèce de prison, dans la salle basse et sombre où il faisait son travail de compositeur d'imprimerie. Il n'avait pu nourrir son esprit que de deux ou trois livres, une mythologie, Virgile, l'Imitation de JésusChrist. Son imagination prit des ailes: il créa. Une phrase, un mot, prirent pour lui une valeur extraordinaire; il y trouva des richesses infinies, des sens profonds, des beautés inconnues. C'était l'intensité de son désir qui créait ces beautés, par une illusion semblable à celle de l'amour: l'homme affamé trouve savoureux tous les aliments, même les plus insipides.

Michelet garda toute sa vie les habitudes d'esprit contractées dans son enfance. Il ne put jamais regarder qu'un petit nombre de points, d'objets à la fois; mais son imagination s'en emparait avec une force inouïe et finissait par y voir un monde. «Il me suffit d'un seul texte, disaitil, là où il en faudrait vingt à d'autres.» Loin de chercher à surexciter son imagination par la vue des objets extérieurs, par une vie agitée, c'est par le recueillement, le silence, l'isolement, la concentration sur luimême qu'il lui conserva toute sa puissance.

Jamais vie ne fut mieux réglée que la sienne. Il était au travail dès six heures du matin et il restait enfermé jusqu'à midi ou une heure, sans permettre qu'on vînt le déranger ou le distraire. Même pendant ses voyages, pendant ses séjours au bord de la mer ou en Suisse, il ne souffrait pas que rien fût retranché à ses heures de travail. L'aprèsmidi était consacrée à la promenade et à l'amitié. Tous les jours on pouvait venir le voir de quatre à six heures. Il ne travaillait jamais la nuit, et sauf en quelques rares occasions, se retirait pour dormir vers dix heures ou dix heures et demie du soir. D'une extrême sobriété, ne prenant d'autre excitant que le café, qu'il aimait avec passion, ayant le tabac en horreur, il n'acceptait ni dîners ni soirées hors de chez lui. Ces distractions eussent dérangé l'unité de sa vie et de ses pensées. Pour que son esprit eût toute sa liberté, il fallait que rien ne changeât dans les objets qui l'entouraient. Ils étaient pour lui comme une partie de luimême. Jamais il ne souffrit que le drap qui recouvrait sa table à écrire fût changé, ni que les vieux cartons sales et déchirés où il renfermait ses papiers fussent renouvelés. Son caractère était aussi calme et paisible que sa vie était régulière. Son abord était simple et affable; sa conversation, mélange exquis d'esprit et de poésie, ne dégénérait jamais en monologue, et, sans avoir rien de guindé ni de solennel, maintenait sans effort l'esprit des interlocuteurs dans des régions élevées. Ses manières avaient gardé les traditions de politesse de l'ancienne France; sans y mettre de recherche, il montrait les mêmes égards à tous ceux qui l'approchaient, quel que fût leur rang ou leur âge; cette politesse n'avait rien de banal, car on y sentait une réelle bienveillance. Sa mise était toujours irréprochable. Je le vois encore assis dans son fauteuil, à sa réception du soir, la taille serrée dans une redingote sur laquelle on n'aurait pu trouver une tache ni un grain de poussière; ses pantalons à souspieds bien tirés sur ses souliers vernis, tenant un mouchoir blanc dans la main, qu'il avait délicate, nerveuse et soignée comme celle d'une femme, et la tête encadrée dans ses cheveux blancs, longs, légers et soyeux. Les heures s'écoulaient vite à l'entendre! Il y avait dans ses paroles tant de profondeur et tant de fantaisie, tant de joyeuse sérénité et tant de sympathique bonté, de l'esprit sans malice et de la poésie sans déclamation! Sa conversation était ailée; les idées jaillissaient comme des flèches vives, dardées d'un trait; ou bien il les laissait s'envoler une à une, d'un vol inégal et capricieux, comme des oiseaux, mais sans les suivre ni les rappeler. Il n'insistait jamais, ne développait pas. Il était un causeur incomparable, et l'on sentait en lui, sans qu'il cherchât à le faire sentir, ce je ne sais quoi de divin qui fait l'homme de génie.

Ce qui donnait à ce génie la grâce, c'est qu'il y joignait la modestie. Il savait écouter, il se laissait contredire, il demandait avis. Même devant des hommes plus jeunes que lui et dont le talent n'était pas égal au sien, il émettait souvent ses idées avec réserve, les questionnant, s'informant de leur opinion. Ce n'est pas qu'il feignît d'ignorer ce qu'il valait. Il a dit de son histoire «mon monument»; et quand il attaquait l'usage du tabac, en montrant que tous les esprits créateurs du siècle, Hugo, Lamartine, Guizot, n'ont jamais fumé, il y ajoutait son propre exemple. Mais il n'exagérait point son mérite, n'occupait pas le public de sa personne, et surtout avait la sagesse de ne pas se croire appelé à jouer tous les rôles et à déployer tous les talents. On eut beau le supplier d'entrer dans la vie politique, il repoussa toutes les avances qui lui furent faites. Après le Décembre, il perdit ses places et fut presque réduit à la pauvreté parce qu'il refusa le serment; mais il ne fit pas tapage de son désintéressement et ne chercha point à se faire un piédestal des malheurs publics. Passionnément épris pour ses œuvres tout le temps qu'il les composait, il les abandonnait presque et devenait indifférent à leur sort quand elles étaient terminées. Non seulement il méprisait la réclame, mais il était presque insouciant de l'éloge ou du blâme. Il ne sollicitait pas d'articles, et les critiques les plus vives n'excitaient chez lui que le sourire, pourvu qu'elles fussent tournées avec esprit.

Cette sérénité de caractère, cette vie de cénobite, discrète et régulière, bien loin d'éteindre les ardeurs et l'énergie de son âme, les conservaient et les entretenaient au contraire. Rien n'en était dépensé au dehors, et c'est ainsi qu'il a pu produire cinquante volumes sans rien perdre de la chaleur de son cœur ni de l'éclat de son imagination.

Ce n'était pas seulement pour pouvoir composer, créer, qu'il avait besoin de silence et de solitude, c'était aussi, c'était surtout pour pouvoir écrire. Michelet est sans contredit un des trois ou quatre plus grands écrivains du siècle. Son style est peutêtre le côté le plus original de son génie. Il serait difficile de dire à quels modèles, à quels antécédents il rattache; il y a en lui du Rousseau, du Diderot et du Chateaubriand; mais on ne pourrait trouver entre eux que de lointaines analogies. Dès son Histoire romaine, il ne ressemble à personne. Si j'avais à définir quel est le caractère propre de Michelet comme écrivain, je dirais qu'il est un grand musicien. Il n'est pas à proprement parler un coloriste, il ne cherche pas à peindre par le choix curieux et l'association frappante des mots; il n'est pas un logicien, apportant la conviction dans l'esprit par la justesse des termes et la forte liaison des idées; il n'est pas un orateur, entraînant son public par l'ampleur et la gradation savamment ménagée des périodes. Il est un musicien qui cherche à exprimer les sentiments et même à décrire les objets par le son et par le rythme. Tous les grands écrivains sont plus ou moins musiciens, les poètes surtout. Mais la plupart adoptent une certaine allure constante, une certaine mélodie de phrase qui charme doucement l'oreille et fait dire de leur style: «C'est une musique.» Il en est ainsi de Lamartine. La phrase de George Sand, celle de Cousin, font aussi une impression musicale; mais chez Lamartine la mélodie toujours également ample, sonore, engendre la monotonie; chez George Sand ou Cousin, l'harmonie musicale de la phrase est subordonnée aux autres qualités du style. Cette harmonie est, au contraire, la première préoccupation de Michelet; chez lui les mots sont toujours disposés, combinés, de façon à produire un rythme, une harmonie parfaitement d'accord avec le caractère de la pensée et aussi variés que la pensée ellemême. Son style est comme la notation musicale de sa pensée; il en suit tous les mouvements, les allées et les retours, les secousses, les saillies; de là cette variété infinie de rythme; ces phrases tantôt amples et cadencées, tantôt brèves et saccadées, où les mots agissent à la fois sur l'oreille et sur l'esprit par leur son et par leur sens. Michelet avait besoin de calme et de tranquillité pour noter ainsi ses pensées. Les bruits du dehors l'empêchaient d'entendre le rythme intérieur. Quand, en octobre , au milieu d'une tempête, il cherchait à écrire ses impressions, il vint un moment où il dut s'arrêter; la violence du vent et de la mer, la fatigue et le manque de sommeil avaient blessé en lui une puissance, «la plus délicate de l'écrivain, le rythme. Ma phrase devenait inharmonique. Cette corde, dans mon instrument, la première se trouva cassée». Ces expressions nous montrent que Michelet sentait qu'il écrivait comme un musicien compose. Dans ce même récit de la tempête, au chapitre VIIe de la Mer, se trouvent de nombreux exemples de la puissance d'expression qu'il trouve dans la variété du rythme de ses phrases. Au début, il peint le charme de la plage de Royan.

«Les deux plages semicirculaires de Royan et de SaintGeorges, sur leur sable fin, donnent aux pieds les plus délicats les plus douces promenades, qu'on prolonge sans se lasser dans la senteur des pins qui égayent la dune de leur jeune verdure.»

Quelle douceur, quelle lenteur dans cette longue phrase qui continue tout en paraissant prête à s'arrêter à chaque pas! Un peu plus loin la tempête éclate:

«Le grand hurlement n'avait de variante que les voix bizarres, fantasques, du vent acharné sur nous. Cette maison lui faisait obstacle; elle était pour lui un but qu'il assaillait de cent manières. C'était parfois le coup brusque d'un maître qui frappe à la porte, des secousses comme d'une main forte pour arracher le volet; c'étaient des plaintes aiguës par la cheminée; des désolations de ne pas entrer, des menaces si l'on n'ouvrait pas, enfin, des emportements, d'effrayantes tentatives d'enlever le toit. Tous ces bruits étaient couverts pourtant par le grand heu! heu! tant celuici était immense, puissant, épouvantable.»

C'est dans l'Oiseau que Michelet est arrivé à la pleine maturité de son talent d'écrivain, c'est là qu'il a pu le mieux exercer les qualités musicales et rythmiques de son style. Je n'en citerai que deux exemples. L'un sur l'alouette:

«Bien autrement puissante de voix et de respiration, la petite alouette monte en filant son chant, et on l'entend encore quand on ne la voit plus.»

La phrase commence par des mots longs et pesants, continue plus légère par des dissyllabes, puis, toujours plus grêle, ainsi que le chant de l'alouette, elle finit en monosyllabes, les plus brefs, les plus nets, les plus clairs. Chantez la phrase, vous verrez que les derniers sons an, on, e, a, oi, u, font une gamme chromatique ascendante. L'autre phrase est une invocation à la frégate, le plus puissant par ses ailes, le plus infatigable des oiseaux.

«Que ne me prendstu sur ton aile, roi de l'air, sans peur, sans fatigue, maître de l'espace, dont le vol si rapide supprime le temps!»

N'y atil pas là trois coups d'aile, courts, vigoureux: «roi de l'air,sans peur,sans fatigue»,un quatrième plus large et plus fort, «maître de l'espace», et l'oiseau file en planant, les ailes immobiles et étendues,«dont le vol si rapide supprime le temps.» Changez un seul mot à ces phrases, même le plus inutile au sens, et vous en détruirez la valeur aussi bien qu'en ôtant une note à une phrase musicale. Mais aussi, en quelques mots, peutêtre insignifiants en euxmêmes, Michelet faitil pénétrer dans l'esprit, d'une manière ineffaçable, son idée et son sentiment. Déjà dans ses premiers livres cette conception musicale du style se fait sentir, quoique avec moins de force. Nous en trouvons de nombreux exemples dans le Peuple. Quatre lignes font un tableau complet de la grandeur déserte et désolée de l'empire romain en décadence: «Des voies magnifiques attendaient toujours le voyageur qui ne passait plus, de somptueux aqueducs continuaient de porter des fleuves aux cités silencieuses et n'y trouvaient plus personne à désaltérer.»

Dans les dernières années de sa vie, Michelet, entraîné inconsciemment par ses tendances au rythme, a fini par retomber fréquemment dans les mêmes cadences. Son esprit s'accoutuma involontairement à la mesure des vers de six, huit et douze syllabes, et l'on trouve dans la Montagne, dans Nos Fils, et déjà même dans la Sorcière, des pages entières en vers blancs. Quelquefois ce rythme un peu monotone produit encore de très beaux effets; par exemple, dans cette page de la Sorcière:

«C'est aussi véritablement une cruelle invention d'avoir tiré la fête des Morts du printemps où l'antiquité la plaçait, pour la mettre en novembre. En mai, où elle fut d'abord, on les enterrait dans les fleurs. En mars, où on la mit ensuite,elle était avec le labourl'éveil de l'alouette;la mort et le grain, dans la terre,entraient ensemble avec le même espoir.Mais, hélas! en novembre,quand tous les travaux sont finis,la saison close et sombre pour longtemps,quand on revient à la maison,quand l'homme se rasseoit au foyeret voit en face la place à jamais vide,oh! quel accroissement de deuil!Évidemment, en prenant ce moment, déjà funèbre en lui, des obsèques de la nature, on craignait qu'en luimême l'homme n'eût pas assez de douleur.»

Mais ailleurs le style devient d'une monotonie fatigante; la Montagne offre des séries d'alexandrins:

«Et le temps est venuoù la mort me plaît moins,où je lui dis: Attends.Parléje ainsi pour moi?Oui, pour moi, j'aime encore.Pourtant j'ai fait beaucoup.Comme œuvres et labeurs,j'ai dépassé trois vies.J'accepterais le sort,si parmi ces penséesune autre ne venaitune autre inquiétudeau point si vulnérableoù bat, vibre mon cœur.»

Évidemment l'instrument avait perdu de sa vigueur et de sa délicatesse. Au lieu de la riche variété des harmonies d'autrefois, nous voyons revenir constamment le même rythme, la même ritournelle. C'était un premier signe où l'on reconnaissait que son talent se ressentait des atteintes de l'âge.

Et pourtant on hésite à prononcer les mots d'âge, de vieillesse, à propos de Michelet, tant il resta toujours jeune de cœur, d'esprit et d'imagination, en dépit des années, en dépit des hommes. Lorsqu'on embrasse dans son ensemble cette vie si simple et si pure, cette série d'œuvres si variées, si originales, si poétiques, on se demande quel a été le trait de son caractère et de son génie qui le distingue nettement de tous les autres écrivains français; comment il se fait qu'il soit pour ainsi dire unique en son genre, qu'il n'ait pas eu d'ancêtres et qu'il n'ait pas de postérité littéraire. Il faut attribuer, je crois, cette originalité si marquée à ce qu'il a conservé à travers l'âge mûr et jusqu'à la vieillesse quelque chose de l'enfant; ce mot implique dans mon esprit un éloge et non un blâme. Les Français, d'ordinaire, n'ont rien de l'enfant; d'autres peuples au contraire, les races germaniques par exemple, en conservent toujours quelque chose; aussi gardentils bien plus la fraîcheur des sentiments, la jeunesse du cœur et l'intelligence des choses simples qui sont si souvent en même temps les choses profondes. Michelet avait en lui ce trait germanique qui, mêlé à une nature d'ailleurs toute française, fit sa grande originalité. Comme l'enfant, il n'était blasé sur rien; il admirait, s'étonnait, trouvait à chaque chose une beauté ou un intérêt toujours nouveaux; il se livrait tout entier à l'émotion, à l'affection du moment, et pouvait transporter sans cesse sa sympathie d'un objet à un autre sans qu'elle perdît rien de sa vivacité et de sa fraîcheur. Comme l'enfant, il était toujours sincère, et c'était de l'abondance de son cœur que parlait sa bouche; comme l'enfant, il prenait toutes choses au sérieux, et n'avait pas ce qu'on appelle le sentiment du ridicule, qui n'est le plus souvent qu'une frivolité inintelligente ou une moquerie irrespectueuse; comme l'enfant, il était souvent gai et jamais railleur, parfois triste et jamais découragé; comme l'enfant enfin, il comprenait les choses par intuition plus que par analyse, et d'un simple regard pénétrait souvent plus profondément dans la réalité que ne l'aurait fait le critique la plus subtil. Ce qu'il a écrit dans le Peuple sur l'homme de génie peut s'appliquer à luimême:

«Si vous étudiez sérieusement dans sa vie et dans ses œuvres ce mystère de la nature qu'on appelle l'homme de génie, vous trouverez généralement que c'est celui qui, tout en acquérant les dons du critique, a gardé les dons du simple... La simplicité, la bonté sont le fonds du génie, sa raison première; c'est par elles qu'il participe à la fécondité de Dieu... Le génie a le don d'enfance, comme ne l'a jamais l'enfant. Ce don, c'est l'instinct vague, immense, que la réflexion précise et retient bientôt, de sorte que l'enfant est de bonne heure questionneur, épilogueur et tout plein d'objections. Le génie garde l'instinct natif dans sa forte impulsion, avec une grâce de Dieu que malheureusement l'enfant perd, la jeune et vivace espérance.»

Michelet l'eut toujours dans le cœur, la jeune et vivace espérance. C'est ce qui rend la lecture de ses livres si bienfaisante. On oublie les défauts de l'enfant; sa vue seule fait aimer la nature et bénir la vie. Comment n'oublierionsnous pas les défauts de Michelet, quand nous apprenons de lui à aimer, à agir, à espérer?

Soit, comme professeur, soit comme écrivain, Michelet a donné toute sa vie à l'enseignement. Il n'a jamais voulu entrer dans la vie politique, et s'il a quitté la carrière du professorat, ç'a été par contrainte et avec déchirement de cœur. C'est à l'École normale que son enseignement fut le plus fécond; ses ouvrages de cette période, l'Histoire romaine, les six premiers volumes de l'Histoire de France, sont les plus solides au point de vue de la science, les plus achevés au point de vue de la composition et du style, les plus riches en fortes pensées. Ses cours se composaient de vastes aperçus sur l'histoire universelle où il esquissait en traits rapides et vigoureux la physionomie de chaque civilisation et de chaque époque, et d'études de détail sur quelques points spéciaux, par lesquelles il initiait ses élèves aux recherches d'érudition et aux règles de la critique. Il joignait à ses leçons des conseils pratiques à ses élèves sur la manière dont ils devaient comprendre leur tâche de professeurs, et profiter de leur séjour dans les lycées de province pour y étudier, selon les ressources qu'offrirait leur résidence, soit les archives, soit l'histoire locale, soit l'archéologie, soit même les patois. Il prenait plaisir à connaître l'origine et le lieu de naissance des jeunes gens qu'il avait devant lui et en qui il voyait comme un abrégé de la France. Il se donnait tout entier à ses élèves, et à leur tour ses élèves ont eu sur lui une influence bienfaisante. «Ils m'ont rendu, ditil, sans le savoir, un service immense. Si j'avais, comme historien, un mérite spécial qui me soutient à côté de mes illustres prédécesseurs, je le devrais à l'enseignement, qui pour moi fut l'amitié. Ces grands historiens ont été brillants, judicieux, profonds. Moi, j'ai aimé davantage.»Il ajoute: «J'ai souffert davantage aussi. Les épreuves de mon enfance me sont toujours présentes, j'ai gardé l'impression du travail, d'une vie âpre et laborieuse, je suis resté peuple.» Cet amour de la jeunesse et cet amour du peuple, unis à l'amour de la France, ont été l'inspiration même de sa vie, et c'est pour cela qu'il a été essentiellement un éducateur. «Quelle est, ditil, la première partie de la politique? L'éducation. La seconde? L'éducation. Et la troisième? L'éducation.» S'il a écrit l'Histoire de France, c'est pour donner à la jeunesse et à la nation une conscience plus nette de la patrie, pour enseigner la patrie «comme dogme et principe, puis comme légende.» La patrie était en effet pour lui une religion, celle du dévouement et de la fraternité. Il se regardait comme le révélateur de l'âme de la France, «de son génie pacifique et vraiment humain.»«Que ce soit là ma part dans l'avenir d'avoir, non pas atteint, mais marqué le but de l'histoire... Thierry y voyait une narration et M. Guizot une analyse. Je l'ai nommée résurrection et ce nom lui restera.» Grâce en effet à une érudition solide et à une imagination d'une puissance et d'une fraîcheur incomparables, il a fait vraiment revivre la France du moyen âge, et surtout il a réussi par la force de sa sympathie à rendre la voix à ces masses populaires anonymes, à ces souffrants, ces persécutés, ces déshérités qui fout l'histoire et pour lesquels l'histoire est ingrate. Les deux points culminants de l'histoire de France étaient pour lui ce qu'il appelait ses deux rédemptions, Jeanne d'Arc et la Révolution. Il a consacré à l'une un volume qui est son chefd'œuvre, et un des chefsd'œuvre de la littérature française, à la seconde un ouvrage en sept volumes.

Il aborda l'histoire de la Révolution avec un sentiment d'enthousiasme mystique, vers , peu après la mort de sa première femme: il s'y prépara dans une sorte de recueillement ascétique. Il prévoyait des révolutions politiques, peutêtre des guerres européennes, il voulait rapprocher les classes, enseigner à la bourgeoisie l'amour du peuple, enseigner à tous «l'élan de , la gloire du jeune drapeau et la loi de l'équité divine, de la fraternité, que la France promulgua, écrivit de son sang.» Le Peuple, paru en , fut la préface de l'Histoire de la Révolution, dont le premier volume est de .

Composée dans cet esprit, cette histoire, qui repose pourtant sur des recherches très sérieuses et très neuves, a plutôt les allures d'une épopée, et de la prédication enflammée d'un apôtre.

Si à cette époque le côté lyrique, imaginatif et mystique de son talent prit un développement excessif, on doit l'attribuer en partie aux circonstances politiques, aux agitations religieuses et sociales qui ont précédé la Révolution de , mais aussi au théâtre nouveau où son enseignement était transporté depuis , au Collège de France. Là, avec ses collègues Quinet et Mickiewicz, il formait une sorte de triumvirat professoral; entouré d'une jeunesse ardente, plus avide d'émotions que de science, pénétré de la gravité des temps, il se crut appelé à une sorte d'apostolat social et moral. Il en sortit des œuvres d'une rare éloquence, pleines d'aperçus ingénieux et profonds; son génie ne perdit rien de son éclat et de sa puissance, mais la sérénité et l'équilibre de son esprit furent troublés. Les onze derniers volumes de son Histoire de France sont moins une histoire complète et suivie qu'une série d'aperçus tantôt brillants, tantôt profonds sur les XVIe, XVIIe et XVIIIe siècles. De plus il s'était fait dans son esprit une réaction excessive contre le moyen âge, contre le catholicisme et contre la royauté, et l'on ne trouve pas dans ces derniers volumes, ni dans l'Histoire du XIXe siècle, ni dans la Sorcière, la même largeur de sympathie, la même équité qu'il avait montrées dans ses premières œuvres.

Les tristesses de l'histoire, les hontes de l'ancien régime devinrent pour lui comme un cauchemar qui s'ajoutait aux tristesses et aux hontes des premières années du second empire pour remplir son cœur d'amertume et noircir son imagination. Les études d'histoire naturelle furent pour lui un rafraîchissement et un cordial et il retrouva dans ses livres l'Oiseau, l'Insecte, la Mer, l'équilibre qu'il avait perdu et le plein épanouissement de son génie. En même temps il ne perdait pas de vue la tâche d'éducateur qu'il s'était donnée. L'Amour et la Femme, malgré des crudités inutiles et des puérilités choquantes, sont des livres d'une haute inspiration, écrits pour montrer dans la famille et dans la femme la base de toute éducation et de toute société. Dans la

Bible de l'Humanité il voulut extraire de toutes les religions, et surtout des civilisations antiques, les plus hautes idées de morale et de vertu, les exemples les plus propres à fortifier la conscience moderne, écrire un livre d'édification laïque; malheureusement, les chapitres sur le judaïsme et le christianisme sont conçus dans un esprit hostile et injuste, et ne font pas ressortir ce que ces religions ont apporté au trésor commun des grandes idées et des grands sentiments de l'humanité. Enfin il a résumé dans Nos Fils ses idées pédagogiques, ses espérances et ses projets de réforme pour la France.

Il est très difficile de tirer des livres de Michelet une doctrine pédagogique précise, logique et aboutissant à des conclusions nettes. Il n'est ni un philosophe théoricien, ni un réformateur pratique; il est un semeur et un excitateur d'idées, un prédicateur qui s'adresse au cœur et à l'imagination autant qu'à la raison. Il n'expose pas un système; il exprime des aspirations, des désirs; il ouvre des perspectives.

Le principe philosophique de toute sa pédagogie est l'idée de Rousseau, l'idée de la bonté foncière de la nature humaine. L'âme humaine naît innocente et contient en elle les éléments de tout développement intellectuel et moral. L'éducation ne doit pas être une contrainte, elle n'a pas pour objet de réprimer ou de châtier, mais de diriger l'homme dans ses voies normales, de le placer dans les conditions où il fera naturellement le bien; l'instruction ne doit pas être une chose étrangère qu'on impose au cerveau de l'enfant, elle est le développement normal des énergies naturelles du cerveau, à qui on donne à mesure les aliments nécessaires à leur croissance. Aussi Michelet faitil une critique sévère de l'enseignement des écoles catholiques, aussi bien des écoles des jansénistes que de celles des jésuites, qui partent toutes de l'idée de la chute, et il s'attache à faire connaître et à développer les théories de Coménius, de Rousseau, de Pestalozzi et de Frœbel. L'enthousiasme de Michelet pour ce dernier et pour son élève, madame de Marenholtz, ce qu'il a écrit sur eux dans Nos Fils, ce qu'il disait d'eux dans ses conversations, a beaucoup contribué à la popularité qui s'est attachée en France au système de Frœbel, souvent plus admiré que connu.

Si le point de départ de l'éducation est la bonté naturelle de l'homme, le but de l'éducation est de former l'homme pour l'action. Voltaire, Vico, Daniel de Foë ont proclamé au XVIIIe siècle ce principe que l'homme est fait pour l'action, se sauve par l'action. Optimisme et liberté, tels sont les deux idées fondamentales de la pédagogie de Michelet. Mais il faut que cette liberté soit dirigée, que cette action ait un objet. Cet objet, c'est la justice. L'ancien régime reposait sur l'idée de la grâce, de la faveur; c'est aussi le fondement de l'éducation catholique. La Révolution a remplacé le principe de la grâce par celui de la justice, qui est identique à la fraternité. Optimisme et liberté sont les bases de l'éducation; optimisme, liberté et justice sont les bases de la société.

L'éducation pour Michelet commence avant la naissance. Il veut que la mère se sanctifie pour ainsi dire pour l'enfant qu'elle va mettre au monde, et il insiste beaucoup sur les influences inconscientes, sur la prédestination physiologique qui se transmettent des parents aux enfants. L'harmonie dans la famille, des mœurs conjugales austères, le sentiment de la responsabilité chez les parents, sont les points de départ de toute éducation. Le père enseigne à l'enfant par son exemple le dévouement; il lui parle de la justice et de la patrie; la mère enseigne à l'enfant l'union du devoir et de l'amour, en lui apprenant à admirer son père.

Après ces premières impressions familiales viennent l'éducation physique, l'éducation morale, l'éducation intellectuelle.

Michelet insiste beaucoup sur l'éducation physique, sur les exercices du corps, sur la nécessité de laisser les forces de l'enfant se développer en toute liberté. Il y revient à plusieurs reprises dans ses écrits; il exhorte surtout les habitants des villes à conduire leurs enfants soit sur les montagnes, soit au bord de la mer. Il appelle les bains de mer la vita nuova des nations.

L'éducation morale a essentiellement pour objet, aux yeux de Michelet, de développer l'amour de la nature et celui de la patrie. Il confond ces deux sentiments avec la religion ellemême. «Il faut dans cet enfant fonder l'homme, créer la vie du cœur. Dieu d'abord, révélé par la mère, dans l'amour et dans la nature. Dieu ensuite, révélé par le père dans la patrie vivante, dans son histoire héroïque, dans le sentiment de la France.» Il faut que l'enfant, aime les animaux, les plantes, tout ce qui a vie, qu'il aime la nature ellemême comme une mère invisible et présente; qu'il aime la patrie comme une personne vivante, visible dans les grandes œuvres où s'est déposée la vie nationale. Michelet ne veut pas qu'on parle trop tôt à l'enfant de Dieu. Dieu ne doit apparaître à l'enfant que quand l'idée de justice est née, comme Dieu de justice. Le père loue en Dieu la Loi du monde, la mère le prie comme la Cause aimante. Bien que Michelet, en vertu même du rôle qu'il donne à la justice, fasse du devoir la base de la morale et incarne dans les parents l'idée du devoir, on voit dans toutes ses œuvres que l'idée mystique de la nature et de la patrie, considérées comme objet d'un culte, était au fond sa préoccupation dominante.

Quant à l'éducation intellectuelle, les deux points sur lesquels Michelet insiste le plus sont: ° la nécessité de ne pas surcharger l'esprit des enfants, de ne pas les accabler par trop d'heures de travail. «La quantité du travail y fait bien moins qu'on ne croit; les enfants n'en prennent jamais qu'un peu tous les jours; c'est comme un vase dont l'entrée est étroite; versez peu, versez beaucoup, il n'y entrera jamais beaucoup à la fois;» ° la nécessité de mettre de l'harmonie dans les facultés de l'enfant en n'en faisant pas une pure machine intellectuelle, en faisant des connaissances un tout organique. Pour la première éducation, il veut avec Frœbel développer le talent créateur de l'enfant, lui apprendre à s'approprier le monde et à associer ses idées par l'action; puis avec Coménius, avec Pestalozzi, avec Frœbel, il recommande la méthode intuitive, qui met les choses avant les mots; avec Pestalozzi, il voudrait associer le travail manuel au travail intellectuel, un enseignement qui réunît l'agriculture, le métier et l'école. Enfin, dans ses vues de réformes pour l'Université, dont il vante du reste les mérites solides et modestes, il demande qu'on rende l'enseignement plus simple et plus général, qu'on fasse comprendre les liens qui unissent les sciences, qu'on développe l'homme physique, qu'on mette en rapport le collège, les écoles industrielles, les écoles agricoles. Il est difficile de tirer des idées pratiques très claires des chapitres de Nos Fils qui traitent de ces derniers points, ainsi que de ceux qui sont consacrés aux écoles de droit et de médecine; mais on peut dire en résumé que la conception de Michelet en matière d'éducation est l'éducation encyclopédique que Rabelais fait donner à Gargantua. Il veut une éducation qui songe au sujet, à l'homme, au lieu de ne songer qu'à un des objets de l'enseignement, à la science.

Les idées de Michelet sur l'éducation ne se bornent pas à l'enfance et à la jeunesse, elles, s'étendent à la nation entière, au peuple surtout qui, à tant d'égards, reste enfant et enfant négligé. Il voudrait que les jeunes gens de la bourgeoisie se fissent les apôtres de l'union entre les classes en s'occupant de l'instruction populaire, que les écoles, devenues écoles libres, dépendant seulement des communes, fussent à tous les degrés de l'enseignement accessibles à tous les jeunes gens sans distinction de fortune d'après le mérite seul; enfin que la commune jouât dans la vie nationale un rôle beaucoup plus grand qu'aujourd'hui, que chacun consacrât à l'association communale le meilleur de ses forces. Il faisait à cet égard de beaux rêves. Il imaginait une société où l'enseignement serait la fonction de tous ou presque tous, «où l'on profiterait de l'élan du jeune homme, du recueillement du vieillard, de la flamme de l'un, de la lumière de l'autre». Il désirait surtout que l'on créât des fêtes populaires, des fêtes nationales, même des fêtes internationales «qui dilatent le cœur», qui enseignent le patriotisme, la fraternité, des fêtes semblables à celles de la Grèce. Comme il avait été le premier à retrouver et à raconter ce qu'avaient été les fédérations en , il gardait l'espoir de voir un jour jaillir du cœur des peuples des fêtes exerçant une action morale sur ceux qui y prendraient part. Théâtres, concerts, banquets, il voulait de grandes manifestations de la vie collective unissant les classes et les moralisant toutes. Il a tracé à la fin du Banquet un admirable programme de ces pia vota si différents de la réalité. Il demandait aussi que l'on fît pour le peuple des livres qui lui donnassent sous une forme très simple, mais élevée et belle, non enfantine, une nourriture intellectuelle solide et saine, des livres d'action, des bibles du travail (récits de voyages, biographies des grands inventeurs, etc.) des livres de morale, et surtout la Bible de la France. Luimême avait écrit le Peuple et la Bible de l'humanité, mais il sentait que sa langue n'était pas accessible au peuple et il en souffrait.

Michelet a pourtant écrit une de ces Bibles populaires, c'est sa Jeanne d'Arc. Tous peuvent la lire et la comprendre. Les livres tels qu'il les désirait commencent à naître, et il aura contribué à leur éclosion. Si ce grand écrivain était trop original pour avoir à proprement parler des disciples, il aura exercé néanmoins une puissante et durable influence, dans la science, dans la politique, dans l'éducation, dans les mœurs publiques: il aura été un éducateur. Nul ne l'aura lu et goûté sans s'être senti plus pénétré de ses devoirs envers l'enfance, envers le peuple, envers la patrie, sans aimer davantage l'humanité et la justice.

Si la France possède une série si riche et si admirable de correspondances et de mémoires, c'est que notre race a le goût et le don de l'observation psychologique, et que toute observation psychologique est plus ou moins une confession. Le talent de s'observer et de se raconter soimême n'estil pas un des mérites les moins contestés de nos écrivains?

D'autres peuples ont pu nous disputer la première place dans la poésie lyrique, dans la philosophie ou l'art dramatique: nul ne nous a refusé la gloire d'avoir donné au monde les premiers des moralistes. Pourquoi Montaigne restetil éternellement jeune? Pourquoi liton plus les Pensées que les Provinciales, madame de Sévigné que Bossuet, les Confessions que le Contrat social? C'est qu'on n'a encore rien trouvé de plus intéressant pour l'homme que l'homme même. Pascal a beau railler Montaigne, il est heureux en le lisant de trouver un homme là où il s'attendait à voir un auteur. Il n'est pas nécessaire qu'un auteur de mémoires ait été illustre par ses actions ou par ses écrits pour que l'histoire de son âme nous intéresse. Peu importe que Joubert n'ait été connu de son vivant que d'un petit cercle d'amis s'il a laissé, dans ses Pensées et dans ses Lettres, des trésors d'observations morales. Peu importe qu'Amiel ait vécu une vie obscure et monotone, que Marie Baschkirtseff n'ait pu donner la mesure de son talent d'artiste, si l'un a décrit avec une émotion éloquente et avec une rare puissance d'analyse les inquiétudes intellectuelles et morales de son âme et de l'âme d'une foule de ses contemporains, et si l'autre met à nu, avec une audace ingénue, tous les secrets d'un cœur de jeune fille russe, nous instruisant à la fois sur son sexe et sur sa race.

Ces confidences prennent, il est vrai, une toute autre valeur quand elles sont faites par un homme qui est célèbre par ses actes ou par ses livres. Elles nous permettent, même quand elles ne sont pas tout à fait sincères, de pénétrer dans l'intimité de son être moral, de saisir les mobiles de ses actions ou les germes de ses idées. Elles nous le montrent, sinon tel qu'il a été, du moins tel qu'il aurait voulu être; elles nous font comprendre l'unité fondamentale qui relie les manifestations successives et quelquefois contradictoires en apparence de son activité. Combien ces confidences deviennent précieuses quand elles n'ont pas été écrites après coup pour expliquer ou corriger le passé et en pensant au public, mais au jour le jour, et pour soi seul! Elles acquièrent enfin un prix infini quand elles remontent à la première jeunesse, aux années où l'on cherche encore sa voie, où l'avenir s'ouvre, libre, indéterminé, immense, où ni la célébrité ni l'opinion ne dictent les attitudes et les paroles, où l'on se laisse voir d'autant plus naïvement, qu'inconnu de tous, on ne se connaît pas bien encore soimême.

Nous avons la chance heureuse de posséder des confidences de cette nature laissées par l'écrivain le plus original de notre siècle, par celui dont l'œuvre porte le plus fortement l'empreinte de sa sensibilité personnelle, par Michelet.

Pour bien le comprendre, pour bien le goûter, pour le suivre à travers les évolutions de ses idées et les soubresauts de ses émotions, il faut ne jamais séparer sa personne de ses ouvrages; il cherche luimême cette communication directe avec son lecteur; il le prend pour confident de ses joies et de ses tristesses, de ses espérances et de ses découragements; il lui parle comme un maître à un élève, comme un père à un fils, comme un ami à un ami.

L'unité de son œuvre, si variée de sujets et d'inspirations, parfois même incohérente aux yeux de l'observateur superficiel, doit être cherchée dans sa vie et dans son cœur. C'est ce qui fait l'inestimable valeur des souvenirs personnels qu'il nous a laissés et que sa veuve, fidèle dépositaire de sa pensée, a pieusement recueillis, coordonnés et publiés. Elle a publié trois volumes de voyages en Italie, en Angleterre, en Allemagne, en Flandre, en Hollande, en Suisse; en , elle nous a donné Ma Jeunesse qui contenait toute l'histoire de l'enfance et de l'adolescence de Michelet jusqu'à sa vingtdeuxième année; en , elle nous a fait connaître le Journal intime que Michelet a écrit de à , et le journal de ses lectures et de ses projets de travaux littéraires de à .

Malgré l'intérêt et la beauté de Ma Jeunesse, bien qu'elle contienne le récit infiniment touchant des premiers rêves d'amour et des premières déceptions du futur auteur de la Femme, Mon Journal a encore beaucoup plus de prix à nos yeux. Les pages de Ma Jeunesse, qui sont les plus importantes pour l'intelligence du développement moral et intellectuel de Michelet, celles qui se rapportent à son enfance, et à ses débuts au collège, nous étaient déjà connues, dans ce qu'elles ont d'essentiel, par la préface du Peuple; de plus, l'ouvrage se compose de fragments écrits à diverses époques et qu'il a fallu rapprocher, coordonner et compléter. Avec quelque discrétion et quelque piété qu'aient été faits ces raccords, ils ont suffi pour qu'on y ait vu une sorte de collaboration et de remaniement. Mon Journal, au contraire, a été écrit au jour le jour, et nous le possédons tel qu'il a été écrit; il se rapporte à une époque de la vie de Michelet sur laquelle nous ne connaissions rien et qui a été d'une importance capitale pour son avenir intellectuel, celle qui s'étend entre sa sortie du lycée et son entrée dans le professorat, entre ses premiers chagrins d'amour et son mariage, entre ses derniers devoirs d'écolier et ses premiers livres. Ces années à sont pour Michelet ce que sont pour Wilhelm Meister ses Lehrjahre, ses années d'apprentissage, apprentissage de la vie, apprentissage de la pensée et du style. C'est pendant ces annéeslà que Michelet a reçu les impressions qui ont donné à son caractère et à son esprit le pli définitif; c'est alors qu'il a pris conscience de sa valeur et fixé sa vocation. Mon Journal nous initie à ce travail intérieur et aux circonstances décisives qui en ont été l'occasion. Nous assistons à l'ensemencement d'un sol qui devait porter plus tard de si riches moissons. Le champ que nous n'avons connu jusqu'ici qu'à l'heure de la récolte, nous le voyons maintenant au moment du labour; nous suivons des yeux les sillons profonds qu'y ont creusés les passions, la douleur et le travail; nous reconnaissons parmi les graines que le semeur y jette à pleines mains toutes celles qui germeront plus tard.

Il y a deux périodes dans ces années d'apprentissage. La première est remplie par l'amitié de Michelet pour Poinsot; dans la seconde, Michelet cherche dans le travail et l'activité intellectuelle un remède à la douleur poignante causée par la mort de son ami. C'est un roman que l'amitié de Michelet pour Poinsot. Cruellement déçu dans son amour pour Thérèse, maintenant mariée en province, mais gardant au fond du cœur la blessure encore saignante, instruit par la lamentable destinée de Marianne des conséquences qu'entraîne pour la femme la légèreté égoïste de l'homme, il s'était imposé les règles morales les plus sévères, non par obéissance à des préceptes abstraits ou à une loi religieuse, mais par compassion pour la femme et par respect pour luimême. Il se voue tout entier au travail et à l'amitié. Mais dans cette âme passionnée, l'amitié prend bien vite toute l'intensité de l'amour. Poinsot est pour lui un autre luimême; il y a entre eux de telles ressemblances qu'il voit là «une méprise du Démiourgos qui a réalisé deux fois l'exemplaire éternel de la même âme, pour parler comme Platon». Appelés à des vocations toutes différentes, puisque Poinsot faisait ses études de médecine, ils sont bientôt séparés après avoir vécu deux ans côte à côte. Poinsot est interne à Bicêtre, et désormais tout l'intérêt de la vie se concentre pour Michelet dans ses visites à son ami et dans les lettres qu'ils échangent. L'éloignement fait pour cette amitié ce qu'il aurait fait pour un amour: «c'est le soufflet de la forge». C'est le cœur plein d'attendrissement que Michelet suit le chemin de la barrière de Fontainebleau, qu'avant d'entrer à Bicêtre, il contemple sa fenêtre. C'est avec ravissement qu'au retour, il pense à son ami, à leurs entretiens, à leurs promenades.

Cette amitié lui paraît supérieure à l'amour: «avec un ami, on arrive bientôt à se répandre, et délicieusement, sur les questions générales, ce qu'on ne fait guère avec une femme qu'on aime»; l'amitié développe, au lieu de l'éteindre, l'amour de l'humanité. Poinsot, nature élevée et pure, qui «unissait la maturité de la raison à la simplicité du cœur», était malheureusement d'une santé délicate que le travail usa rapidement. Michelet devine le premier le mal qui ronge; il en suit les progrès avec une clairvoyance passionnée, et il sent s'éveiller en lui pour son ami malade, devenu son enfant, une tendresse paternelle. La lente agonie de Poinsot est une agonie morale pour Michelet et, quand Poinsot expire, le février , il lui semble être frappé à mort:

«À l'entrée du cimetière, la vue des arbres hérissés de glaçons me déchira de nouveau. C'était donc à cette nature hostile que nous allions le remettre, l'abandonner pour toujours! Comment dire mes angoisses pendant que nous montions lentement cette allée funèbre? Mais l'instant le plus cruel, où je me sentis étouffé, écrasé d'une douleur sans nom, ce fut celui de la descente dans la fosse. La bière, mal dirigée, y tombait avec des secousses, des heurts aux parois, qui me semblaient pour ce pauvre corps livré sans défense autant de coups et de meurtrissures... Puis ce fut d'entendre la terre durcie par la gelée retomber rapidement sur le cercueil, et le bruit caverneux qu'il rendait, comme une réclamation, une plainte désolée. Le verset tout entier du psaume me revenait: «Du fond de la tombe, Seigneur, j'ai crié vers toi. De profundis clamavi».

Cette amitié si sérieuse, si tendre, si forte, a été peutêtre le sentiment le plus puissant qu'ait jamais éprouvé Michelet, celui à coup sûr qui a eu l'influence la plus durable sur son être moral. Il songeait sans doute aux heures passées auprès de Poinsot mourant quand plus tard il comparait la mort au balancier qui, en tombant, donne à la médaille son effigie: «le misérable cœur en reste marqué pour jamais». C'est de cette amitié qu'il a dit: «Une âme entre un jour dans l'atmosphère d'une autre âme, attirée par cette mystérieuse puissance d'attraction dont nous subissons la loi aussi bien que les étoiles; au même instant la vie de chacune de ces âmes se trouve doublée. Ces deux qui vont ensemble (Dante), entraînés désormais dans le courant rapide qui emporte les mondes, vont comme eux, s'empruntant, se rendant sans cesse, sans se confondre jamais.» Michelet revoit Poinsot en songe, et il trouve dans ces apparitions des raisons nouvelles de croire à l'immortalité. Il a dû en grande partie à ces relations avec Poinsot son perfectionnement moral, ses idées sur l'amitié et sur la mort. Son admiration pour son ami était telle qu'il le voulait parfait, et qu'il désirait être luimême parfait pour être digne de lui. S'améliorer mutuellement, tel est le but que se proposent dans leurs conversations et dans leurs lettres ces deux jeunes sages de vingt et de vingtdeux ans, et nul doute qu'ils aient puisé dans leurs entretiens mutuels cette haute conception de l'amour, cette horreur de toute frivolité, ce goût de la solitude «qui leur a donné l'amour du bien». Poinsot mort, Michelet n'a plus eu d'ami, j'entends d'ami uniquement aimé. Poret, «son bon ourson», lui était trop inférieur. Quinet fut un compagnon d'armes plutôt qu'un ami. Mais l'amitié resta pour Michelet un sentiment sacré entre tous. Il se reconnaît une seule supériorité sur les autres historiens contemporains, c'est «d'avoir aimé davantage», parce que pour lui «l'enseignement fut l'amitié». Il nous montre les communes de Flandre fondées sur l'amitié. La Révolution se résumait pour lui dans les fédérations, et les fédérations étaient la grande Amitié.

Enfin la perte de Poinsot a enraciné et approfondi en lui un sentiment qui y était déjà très fort: l'amour de la mort. Non pas cet amour de la mort désespéré et gémissant que prêchent, ressentent ou affectent les pessimistes contemporains, mais un amour viril, plein de tendresse, de foi et d'espérance, qui voit dans la mort la condition même de la vie et le passage à un meilleur avenir. Il lui semble naturel de dire en même temps: «J'aime la mort» et: «Nous sommes nés pour l'action». Ce n'est pas la mort seulement, c'est les morts qu'il aime. Dans ses incessantes promenades et ses longues visites au

PèreLachaise, il ne s'arrête pas seulement aux tombes de ceux qu'il a aimés, il donne de l'eau et des fleurs à des tombes négligées; il a pitié des morts inconnus et oubliés. Il converse avec eux comme il converse avec l'âme de Poinsot «son cher enfant».

Cet amour pour les morts n'estil pas entré pour beaucoup dans la vocation historique de Michelet? dans la manière même dont il a compris l'histoire? N'atil pas voulu être la conscience et la voix des foules anonymes, victimes obscures qui ont fait l'histoire, et que l'histoire oublie? N'estce pas à ces foules, aux héros méconnus, qu'il a voué toutes ses sympathies? N'estil pas descendu en justicier compatissant dans les nécropoles du passé pour rappeler à la vie ceux qui y dormaient un sommeil séculaire? N'estce point parce qu'il a été guidé et inspiré par l'amour pour les morts qu'il a donné à l'histoire le nom gravé aujourd'hui sur son tombeau: Résurrection? Poinsot disparu, Michelet a généralisé et répandu sur l'humanité les sentiments qu'il avait concentrés sur son ami. Dans sa vie entière ont retenti les échos de cette passion de sa jeunesse.

Si l'amitié l'avait consolé de l'amour déçu, il se jeta avec fureur dans l'activité intellectuelle quand il fut privé des joies quotidiennes de l'amitié. Au roman de l'amitié succède le roman des idées, car tout chez lui, l'intelligence même, est sentiment et passion. C'est à cette époque que s'applique le mot mis par madame Michelet en épigraphe au volume: «Les passions intellectuelles ont dévoré ma jeunesse.» De à , son cerveau est en ébullition, les projets d'ouvrages s'y pressent et s'y entrecroisent; il ne démêle que lentement sa vraie voie. C'est vers la philosophie qu'il se tourne d'abord ou plutôt vers l'histoire philosophique. Il se nourrit des philosophes, de Condillac, de Gérando, de Destutt de Tracy, de Kant, de Dugald Stewart; il enseigne d'abord la philosophie en même temps que l'histoire à l'École normale et son rêve est d'allier «la science de Dieu à la science de l'homme». Il travaille longtemps au plan d'un grand ouvrage sur le Caractère des peuples cherché dans leur vocabulaire. Il traduit Vico; il scrute les Origines du droit. Mais on sent le goût de la réalité concrète qui le saisit et l'entraîne. Après avoir préparé une sorte d'histoire de l'Église et de la civilisation, il se contente d'écrire les Mémoires de Luther; il compose le Précis d'histoire moderne; et on voit s'élaborer par fragments ce qui deviendra plus tard l'histoire de France. Au moment où s'arrête le Journal des idées, il va commencer son Histoire romaine. Ce n'est que trente ans plus tard qu'il reviendra aux préoccupations de sa jeunesse et que, dans une série de livres de science et de poésie tout à la fois, il donnera un corps à une partie des conceptions philosophiques et cosmogoniques d'autrefois.

Si l'histoire de l'amitié avec Poinsot, si le Journal de mes idées, nous aident à savoir et à comprendre quelles ont été les sources d'inspiration de Michelet, le Journal intime n'est pas moins précieux pour connaître dans quelles conditions, sous quelles influences se sont formés son caractère et son talent, car on ne peut, chez lui, séparer l'homme de l'écrivain.

Chose singulière et bien faite pour démentir ceux qui maudissent les règles comme des entraves au génie et qui croient que l'irrégularité dans la conduite de la vie et le caprice dans le travail développent l'originalité, cet écrivain, primesautier et original entre tous, s'est soumis tout jeune à la plus étroite des disciplines; cet homme, qui a uni en lui la sensibilité éperdue de Diderot à la nervosité exaspérée de SaintSimon, s'est formé en menant la vie d'un disciple de PortRoyal.

Donnant sept heures de leçons par jour, il se levait à quatre heures pour avoir deux heures de travail avant de quitter la maison. Le soir, le jeudi, le dimanche, il trouvait encore quelques heures à donner à la lecture, et il avait pris l'habitude d'emporter toujours avec lui un livre pour lire en marchant. Quelques promenades au PèreLachaise et dans le bois de Vincennes, ses courses à Bicêtre quand Poinsot vivait encore, c'étaient là ses seules récréations. Quelques visites à ses maîtres, à M. Leclerc, à M. Villemain, à M. Andrieux, ou aux parents de ses élèves, faisaient toute sa vie mondaine. Dans la maison même où il habitait, entre son père, la vieille madame Hortense et les pensionnaires, parmi lesquels était mademoiselle Rousseau qui devint, en , sa femme, il vivait très retiré et solitaire, avec ses livres et ses pensées, se répétant le mot de l'Imitation: «Je me suis souvent repenti d'avoir été parmi les hommes, jamais d'être resté seul.»«J'achève l'apologie de Socrate, ditil ailleurs, et je m'enfonce avec une joie sauvage dans la solitude et l'abstinence absolue.»«La plénitude du cœur ne s'obtient qu'avec le recueillement de la solitude. Les puissances de l'âme et de la volonté ne se rencontrent guère chez ceux qui se prodiguent».

Sa discipline intellectuelle répondait à cette régularité de vie. Au milieu des occupations accablantes et mal rétribuées qui lui permettent de suffire à ses dépenses, il se fait à luimême un plan de travail qu'il poursuit en dépit de toutes les difficultés, le manque de temps et le manque de livres. Il a noté, pendant onze ans, toutes ses lectures, choisies avec une méthode scrupuleuse. Avant tout il continue ses études classiques. Chaque mois, il lit un certain nombre d'auteurs grecs et latins; il les traduit, car il considère la traduction comme une œuvre originale et le meilleur des exercices de style; il compose des vers latins et des vers grecs; il traduit en vers grecs ses propres compositions françaises, et la versification latine lui est si familière qu'elle lui sert à exprimer les émotions les plus profondes de sa vie intime.

À côté de l'étude de l'antiquité classique dans laquelle il se plonge au point de composer des vers grecs, de savoir Virgile entier par cœur et de connaître presque aussi bien Homère et Sophocle, il fait une place aux mathématiques, parce qu'il y voit une discipline utile pour l'esprit, un moyen de dompter l'imagination vagabonde, de la soumettre à la logique. Bien qu'âgé de vingtdeux ans et déjà docteur ès lettres, il retourne aux cours du lycée SaintLouis et il prend un répétiteur de mathématiques. Je ne sais s'il a trouvé dans ces exercices le profit qu'il y cherchait. Les mathématiques n'ont jamais gardé personne des chimères, et, si elles ont peutêtre rendu Michelet plus subtil, elles ne l'ont pas rendu plus logique.

Enfin il étudiait régulièrement la Bible. La douceur de l'Évangile, la majesté des prophètes et leurs images grandioses parlaient également à son imagination et à son cœur. Ajoutez à cela la lecture des philosophes, pour y prendre moins la connaissance de la philosophie que l'esprit philosophique. Les lectures historiques, peu nombreuses tout d'abord, ne deviennent abondantes que lorsque sa nomination de professeur à Charlemagne l'a délivré de la servitude de l'institution Briand, et que sa vocation d'historien commence à l'entraîner des idées générales sur la civilisation et l'humanité à l'étude d'époques particulières. Les philosophes, la Bible, les mathématiques et l'antiquité, l'antiquité surtout, tels furent ses maîtres, auxquels il faut joindre, il est vrai, la nature. Il ne sut jamais ce que voulait dire la querelle des romantiques et des classiques; car les auteurs anciens étaient pour lui les vrais disciples de la nature et il voyait dans l'antiquité non des formes à copier, mais une âme dont on s'inspire.

Ce qui est peutêtre plus remarquable encore que la méthode apportée par Michelet dans son travail et ses lectures, c'est la sagesse avec laquelle il se refuse à toute production hâtive, malgré le besoin d'argent qui le presse. Il aime mieux user sa santé à donner des leçons que de gaspiller son talent, de vulgariser son style dans le journalisme; il renonce à un projet de recueil de discours des orateurs grecs et anglais parce que M. Villemain, à qui il en a parlé, a prononcé le mot de mercantilisme. Il se refuse à faire trop vite usage d'une science de fraîche date; il sait que les fruits des arbres qui produisent trop vite n'ont ni couleur ni saveur; il veut laisser au vin le temps d'achever sa fermentation dans la cuve. «Ne vous pressez pas de partir, ditil aux bourgeons de son jardin en pensant à luimême, demain la neige et la gelée vous ressaisiront. Dormez plutôt bien tranquilles jusqu'à ce que l'heure du vrai réveil soit venue.» Il savait que l'heure du réveil viendrait, et il ne faut pas prendre au pied de la lettre les passages où il parle avec trop de modestie de la «médiocrité» de son esprit ou de la «froideur» de son style. J'y vois bien plutôt l'aveu d'une ambition que l'expression d'un regret. Tout dans sa conduite et dans ses paroles, sa fierté visàvis de ses supérieurs, la rigueur des règles qu'il s'impose, respire la conscience de sa force et la foi dans sa destinée.

La discipline morale à laquelle il se plie n'est pas moins digne d'admiration que la méthode de travail qu'il s'impose et elle nous montre son caractère sous un jour singulièrement touchant. J'ai déjà dit comment il était arrivé à se faire une règle de vie austère fondée sur le sentiment seul, je pourrais presque dire sur le culte même qu'il avait pour l'amour. Il a d'autant plus de mérite à s'être élevé à cette conception morale si élevée qu'il avait accepté et lâcher pour autrui la théorie commode qui déclare impossible dans le célibat l'observation stricte de la règle des mœurs. Mais ce n'est là qu'un des côtés de sa discipline. C'est à tous les moments de la vie qu'il s'observe, travaille sur luimême, s'adresse des réprimandes et des conseils, tend sans cesse à la perfection morale. Il se reproche les impatiences et les bouillonnements de son sang ardennais; il se promet de ne plus discuter avec violence. Il note chaque petit progrès; il éprouve une joie enfantine à constater «qu'il se lève de bonne heure sans grogner».

Il continue son journal après la mort de Poinsot «pour s'améliorer». Il va au PèreLachaise sur la tombe de son ami «pour se rendre meilleur»; il s'accuse de «son manque de discipline». Il cherche dans l'exercice de la charité l'éducation de son âme et la distraction à sa tristesse. Il en arrive à formuler des préceptes d'une rigueur monacale. «Retranchons des paroles tout ce qui est personnel. Parler des passions, c'est les nourrir.»«Disonsnous chaque matin, pour nous fortifier, que le devoir seul importe, et que tout le reste n'est rien.» C'est sur ces paroles que se clôt le Journal.

Qu'on ne croie pas que ce fût là un élan passager, une phase dans sa vie: Michelet resta toujours fidèle aux principes de sa jeunesse. Ses journées étaient distribuées avec une régularité immuable, son travail et ses lectures soumis à la plus stricte méthode, ses mœurs graves et simples; il garda le goût de la vie solitaire, égayée par quelques amitiés et ennoblie par la charité. Toute cette discipline ne faisait d'ailleurs que surexciter son imagination et sa sensibilité en les comprimant. Ce bourgeois rangé, irréprochable, à peine avaitil la plume à la main, c'était la Sibylle sur son trépied.

Michelet nous apparaît déjà dans son Journal tel qu'il sera toute sa vie, et rien ne peut mieux en faire comprendre l'harmonie et l'unité. La légende, souvent répétée par des juges superficiels ou prévenus, d'après laquelle il aurait éprouvé après un brusque changement moral qui l'aurait transformé de catholique et de royaliste qu'il était en libre penseur et en révolutionnaire, soit par désir de popularité, soit par vanité blessée, cette légende ne résiste pas à la lecture du Journal. Sa lettre à Poinsot, écrite au milieu des émotions populaires de , «le troisième jour de la Révolution», a déjà l'accent de l'Introduction à l'histoire universelle et de la préface de l'Histoire de la Révolution. Il admire presque Louvel et voit en lui le vengeur de Ney. Il est déjà libéral, démocrate, et la fibre révolutionnaire vibre en lui. Il voit dans le Christ «un homme de bonne foi, exalté dans ses méditations profondes, surpris luimême de sa sagesse et qui s'est cru le Messie». Saint Paul, «très faible de raisonnement», est pour lui le fondateur de l'Église. Michelet avait la foi du Vicaire savoyard: Dieu et l'immortalité. Il l'a toujours eue et il n'a jamais eu que cellelà.

Nous retrouvons dans le Journal le germe de tout ce que Michelet a pensé et écrit plus tard. N'estce pas le plan de la Sorcière qu'il trace en ? «Si l'on faisait les mémoires de Satan, il faudrait le montrer d'abord furieux, se croyant égal à Dieu... puis, pâlissant, diminuant chaque jour, et s'absorbant en Dieu dont il n'est qu'une forme.» N'estce pas la Bible de l'humanité qu'il rêve dès : «Je sens vivement la nécessité d'un livre qui serait la nourriture habituelle d'une âme souffrante. Je suis toujours surpris que, dans cet ordre d'idées, on n'ait encore rien tiré des philosophes anciens et surtout des livres de l'Orient d'où nous vient, en tous sens, la lumière. De ce côté, l'idée de Dieu se confond avec celle de l'action. La Grèce, la Perse, voilà où j'aimerais à puiser, parce que la religion de ces peuples, au lieu d'endormir les esprits, les pousse vers le progrès.» Tous ses petits livres d'histoire naturelle ne rentrentils pas dans l'ouvrage qu'il méditait en : Étude religieuse des sciences naturelles? Nous reconnaissons partout l'éducateur qui a écrit Nos Fils, dans les conseils qu'il donne à Lefèvre, à Bodin, à luimême. Il rêve d'adopter un enfant pour former une âme; ce jeune homme de vingtdeux ans a déjà la fibre paternelle. Il est vrai qu'à ce sentiment paternel se mêle autre chose; car cet enfant adoptif est toujours dans sa pensée une petite fille, qui deviendra une femme, et nous voyons l'auteur de l'Amour et de la Femme dans celui qui a écrit les pages admirables du Journal sur les femmes et sur l'amour, l'amour plus fort que la mort. «Oui, la femme vit, sent et souffre tout autrement que l'homme. La délicatesse des organes fait celle des sensations», et tout ce qui suit, p. et suivantes.

Bien loin que la seconde période de la vie de Michelet ait été en contradiction avec la première, c'est alors seulement qu'il a réalisé dans sa vie et dans ses livres, tous les rêves de sa jeunesse, alors qu'il a eu une femme «compagne de sa pensée et de ses travaux», alors qu'il s'est arraché «à la sauvage histoire de l'homme», pour revenir aux pensées philosophiques et religieuses et à la nature, c'estàdire à Dieu.

Il indique dès la première heure la source de toutes ses inspirations: «Le cœur est le plus souvent, chez moi, le point de départ de mes pensées. Il féconde mon esprit.» Sensibilité qui n'a rien d'égoïste, qui est tout amour des hommes: «Ne laissons voir de nos larmes que celles qui tombent sur les maux d'autrui. Ce sont les seules qui soient fécondes.» À l'amour des hommes, il faut joindre l'amour de la nature; mais l'amour de la nature n'est pour Michelet qu'une expansion au dehors de sa sensibilité intérieure. Il aime les animaux comme il aime les faibles, les infirmes. Un paysage est pour lui en état d'âme comme pour Amiel. Il mêle la nature à toutes ses émotions: «Rien de la nature ne m'est indifférent. Je la hais et je l'adore comme on ferait d'une femme.» Les phases de sa vie intellectuelle suivaient le mouvement des saisons. Il associait la nature non seulement à ses sentiments, mais aussi à sa philosophie: «Le temps était doux et sombre, la campagne triste; un ciel gris l'enveloppait. L'horizon immobile, sous cette teinte uniforme, semblait pourtant s'approcher peu à peu de la terre; aucune perspective d'ailleurs, rien qui fît apprécier les distances. J'aurais pu croire toucher le ciel en atteignant le bout de la route. L'immensité, qui parfois nous effraye en nous isolant, n'existait plus. C'était tout intime, on sentait Dieu à portée. On éprouvait quelque chose de l'émotion attendrie d'un fils qui, habituellement séparé de son père par une distance infinie, le voit peu à peu redescendre et doucement venir à lui.»

Le cœur n'est pas seulement la source des pensées, il est aussi le maître du style. «Les paroles sortent de la plénitude du cœur: ce mot pris dans un autre sens que ne l'entendait le Christ, vaut à lui seul toutes les rhétoriques.» Il dit ailleurs: «Le style n'est qu'un mouvement de l'âme.» Cette belle définition est déjà vraie du style du journal. Madame Michelet se trompe quand elle dit que les pensées et le style du Journal datent de . Les pensées sont celles dont l'œuvre entière de Michelet est inspirée; le style ne date pas. Le Journal compte parmi ses œuvres les plus exquises par la forme comme par les sentiments; moins pittoresque, moins coloré qu'il ne le deviendra plus tard, son style y a déjà la chaleur, la souplesse, l'harmonie musicale; il est déjà rythmé aux battements de son cœur.

La croiraiton écrite en , cette phrase haletante d'émotion, écrite après une rencontre avec Thérèse: «Il me semble que mon âme et mon corps, depuis ce moment, n'aillent plus ensemble. Lui est, ici, misérable; elle, mon âme, je ne sais où, en fuite de moi, me laissant là, gisant, demimort. Eh! que ne suisje donc mort tout à fait!» Ne nous étonnons pas trop, mais félicitonsnous au contraire, que le français de Michelet ait «soulevé l'indignation» des juges de l'agrégation de . C'est sans doute ce qui fait qu'il nous ravit aujourd'hui, qu'il n'a pas vieilli d'un jour.

Jusque dans le détail on retrouve dans son Journal des pensées qui seront développées plus tard, des esquisses qui deviendront des tableaux. Une des plus belles pages que Michelet ait jamais écrites, celle sur le jour des morts dans la Sorcière, a été conçue sous sa première forme en , pendant les vacances de Pâques (p. du Journal). Elle n'a été écrite sous sa forme définitive que quarante ans plus tard.

C'est donc Michelet tout entier que nous révèle et nous explique ce délicieux petit livre, écrit avec des larmes et du sang, où il nous livre le secret de sa vie, de sa pensée, de ses œuvres. Comme il vient du cœur, puissetil trouver le chemin des cœurs; enseigner à une génération frivole ou découragée le sérieux de la vie, l'enthousiasme pour les idées et la foi au bien, l'amour de la patrie et «le patriotisme de l'humanité»! Que ce maître et cet ami incomparable reste un ami et un maître pour la jeunesse d'aujourd'hui et pour celle de demain! Qu'elles lui rendent ce culte des morts qui fut sa religion! Que par elles il continue, comme il l'espérait, à vivre, à aimer et à être aimé!

FIN.